KB268615

왜 여자는 바람을 피우는가?

왜 여자는 바람을 피우는가?

기젤라 룬테 지음 / 김현성, 진정미 옮김

가림출판사

Wie Frauen fremdgehen

by

Gesela Runte

이 책의 집필 동기는 나의 수학적 이해에 근거를 두고 있다.

남자는 바람을 피우고 여자는 바람을 피우지 않는다는 사실이 나로서는 도무지 이해되지 않는 일이다. 세상의 절반이 남자이고, 나머지 절반은 여자라면 남자들은 도대체 누구와 바람을 피우는지 묻지 않을 수 없다.

남자들에게도 부인 외에 성적 대상이 될 수 있는 자유로운 여자들이 많지는 않다.

많은 남자들이 매춘부에게 가기도 하지만 그들 중 다수는 자신과 관련된 주변 여자들과 바람을 피운다. 그렇다면 이 여자들은 결과적으로 바람을 피우는 것이 아니라고 말할 수 있을까?

남자는 욕망에 굴복할 수밖에 없고 또 그렇게 하는 것이 자연스럽고 남자다운 모습이며 반면에 여자는 결코 욕망에 굴하지 않을 뿐만 아니라 성생활도 전혀 없다는 이론을 나는 절대 믿지 않는다. 여자들의 관심사라고는 단지 낭만적인 사랑과 출산뿐이라고들 말한다. 아마도 보수주의자들은 여자란 가능한 잘 보살펴져야 한다는 생각을 할 것이다.

사회적 관념은 이러한 생각을 뒷받침 해준다. 남자들만을 위한 술집이 있으며 또한 폰섹스, 핍쇼, 포르노 잡지와 비디오도 있다.

그렇다면 여자들에게는? 여자들은 모두 고질적인 낭만주의자이며 순수한 사랑에만 집착하고 항상 아이들의 아버지만 따르는 것일까?

우리는 영웅적 행위는 높이 사면서 그 영웅적 행위의 주체가 여자일 경우 그 여자에 대해 침묵하는 현상을 알고 있다. 정치, 역사, 미술, 음악 분야 그리고 일상생활에서도 수없이 많은 예를 열거할 수 있다. 여성들의 노동 가치는 남성들의 노동 가치에 비해 그 보수가 훨씬 적고 가사노동과 양육에는 보수가 없다.

남자에 관한 것 그리고 남자가 성취하고자 하고 필요로 하는 것에 대해서는 항상 큰 목소리로 토론이 이루어진다. 그들의 욕망 충족 문제 또한 공개적으로 해결책이 준비되어 있다. 이 또한 여자에게는 그 권리가 인정되지 않는다.

남자가 정부를 두는 것은 매우 정상적인 일이며 여자가 간통을 했을 경우에는 돌로 쳐 죽이는 벌을 받아야 했던 시절이 결코 오래 전의 일이 아니다. 그래서 여자가 외도의 경험에 대해 이야기하는 것은 쉽지 않다. 남자란 과거 자신의 화려한 여성 편력을 기꺼이 과시하기 마련이다. 그래야만 자신의 왕성한 성생활이 증명되고 남자답게 보여진다고 생각하기 때문이다. 반면 여자는 다른 남자와의 동침 사실을 숨기려고 한다. 세상은 여자가 무엇을 원하는지 그리고 무엇을 이루고 싶어하는지에 관심이 없다. 다만 여자의 정조에만 관심이 쏠려 있다.

거리의 여자는 초라한 모습으로 성적 대상을 유혹하기도 하고, 여러 광고판에서는 반나체로 웃고 있고, 탁자 위에서 욕망에 찬 모습으로 요염하게 춤을 추고, 창살 뒤나 회전판 위에서 꿈틀거리며 기어다닌다. 이처럼 여자는 마치 섹스 외의 다른 것은 중요하게 생각하지 않는 것처럼 보여지기도 한다. 그렇지만 분만의 진통을 겪고 난 후 여자가 성에 대해 적극적인 관심을 보이게 되면 여자는 웃음거리가 되거나 무시당하기도 하고 더욱 격렬하게 비난을 받는다.

그래서 역사상 명성이 있던 여자들의 침묵을 이해할 수 있다. 그들은 진실, 즉 자신의 진실에 대하여 조금 덜 표현하면 할수록 더욱더 높은 평가를 받았다. 오늘날에도 여전히 여자는 그럴 것이라고 간주된다. 불안하고 극도의 노이로제 현상을 보이는 세상에서 우리가 할 수 있는 것은 현실적 도전뿐이다. 물론 나 자신조차도 이러한 실천이 우리 여자들에게 있어서 가능하다고 믿지는 않는다. 이런 나의 믿음은 여자는 엄청나게 억압당하고 있고, 정당하게 평가받고 있지 못하다는 일종의 보수적인 견해에서 나온 것임에 틀림없다.

여자란 욕망을 억누르고 살아야만 하고 또, 그렇게 살기를 원한다는 잘못된 생각이 그 이면에 있는 것이다. 여자는 피임을 하지 않고는 경솔하게 하룻밤의 정사를 감행하지 않는다. 인생에 불행한 결과를 가져다주기 때문인데 나도 동감하는 바이다. 그렇다면 어떤 여자가 자제력을 잃은 채 자신의 욕망과 쾌락을 추구했단 말인가? 그 때문에 나는 다시 한 번 생각해 본다. 여자들은 수백 년에 거쳐 여자와 남자를 구별짓는 소위 욕망, 감정, 충동을 다스리는 교육을 받아 왔다. 그렇다고 해서 여자와 남자의 기본욕구가 완전히 별개의 것이라고 생각하지는 않는다.

확신하건대 요즘 여자들은 사회와 가정을 오가며 일, 사랑, 섹스,

감정, 욕망 그리고 다른 사람과의 관계를 예전과는 다르게 대처해 가고 있다.

나는 공론을 늘어놓기보다는 확인하고 싶었고 알고 싶었다. 그래서 직접 각계 각층의 여자들과 만났고 인터뷰를 하는 동안 몇 가지 놀라운 사실을 경험하게 되었다.

인터뷰에 응한 여자들은 다양한 삶을 살아가고 있었다. 그들의 나이는 28살에서 56살, 아이가 없거나 혹은 두세 명의 아이를 둔 엄마였으며, 동거중이거나 남편 또는 가족과 함께 살고 있었다. 그들의 직업은 가정부, 수공업자, 사무원, 개인 사업가 그리고 교수 등이었다. 키가 큰 여자도 있었고 작은 여자도 있었다. 뚱뚱한 여자, 날씬한 여자, 어느 면으로 보나 아주 평범한 여자들이었다.

그들은 내가 어떻게 인터뷰 대상을 선택하는지, 왜 자신들과 은밀한 일에 관하여 대화를 하고자 하는지 알고 싶어했다. 우선 여자 친구들이나 친척들과 그 일에 대해 은밀히 개인적인 대화를 나누었다. 그리고 대화를 공개할 필요성이 있다는 생각에 그 내용을 녹음했다.

이 일이 소문나자 점점 더 많은 여자들이 나의 계획에 대해 문의를 해왔고 자발적으로 인터뷰에 응했다. 이러한 인터뷰에 대한 높은 지지도는 아마도 오랫동안 마음속에 품고 있던 은밀한 경험과 생각을 마침내 가치관에 얽매이지 않고 자신에 대해 아무런 사견이 없는 사람과 대화를 나누고 싶다는 욕구에서 비롯되었을 것이다. 이는 그들의 개인적인 입장에서 보면 정리 과정의 한 부분이기도 하다. 그러나 그들 모두는 마침내 단 한 번만이라도 진실을 말할 수 있고 다른 인터뷰 대상자들이 그 〈일〉을 어떻게 생각하고 있는지에 대하여 다시 나와 이야기하는 것을 기뻐했다.

인터뷰에 설문지나 답안지를 사용하지는 않았다. 대화를 시작할 때 정사 혹은 관계를 언제 처음으로 외도라고 느꼈는지 그리고 나서 어떻게 계속 진행되어 갔는지, 그런 상황에서 어떻게 처신했는지 물었다. 가능한 그들의 주관적 입장을 최대한 인정해주고 싶었으며 굳이 어떤 대답을 얻고자 하지 않았다.

인터뷰 대상자들의 이름은 가명을 사용했으며, 인터뷰 내용도 가급적 조금만 발췌하여 이용했다.

놀랄 만한 사실은 똑같은 여자임에도 불구하고 내용에 있어서 일정한 틀은 없었다는 것이다. 단지 배우자 외의 다른 사람과 성적 관계를 맺게 된 실로 다양한 동기만이 있었다. 나는 죄를 증명한다거나, 도덕가인 체 한다거나, 심오한 심리학적 관점에서 분석한다거나 혹은 변명을 늘어놓으려는 것이 아니다.

나는 단지 어떻게 그 일이 일어났는지 듣고 싶었고, 자신이 믿는 것은 무엇이며, 왜 그 일이 일어났는지를 그들 자신에게 스스로 물어 보기를 원했다.

여자가 바람을 피웠을 경우 어떻게 그 상황에 맞게 처신해야 하는지에 대한 문제는 오랫동안 해결되지 않고 있었다. 이러한 관계가 어떻게 이루어졌으며, 다른 사람들과의 관계에 어떤 영향을 주는지 그리고 내면적으로 어떻게 소화해 나가고 있는 것인지…?

여기에는 각 개인의 성격과 상대방 남자와의 관계에 따라 놀라울 정도의 다양성이 있었다.

당신은 왜 아직도 이 책을 손에 쥐고 있을까? 공감했기 때문에? 혹은 경험자로 남아 있고 싶지 않아서일까? 아니면 다른 사람들이 어떻게 그 일을 다루는지 듣고 싶어서일까? 왜냐하면 당신은 그런 일이 실제로 일어난다고 믿지 않거나 혹은 그 일을 어떻게 받아들여야 하는지 모르기 때문이다. 왜 여자들이 바람을 피우는지 모르기 때문이기도 하다.

아마도 당신의 관심은 여자들의 성생활이 사회적 통념에 일치하지 않는다는 점에 있을 것이다. 물론 불쾌감을 느낄 수도 있다. 그러나 우리는 이 책을 읽음으로써 알게 되겠지만 그런 불쾌감에도 불구하고 건강한 사회에서 살고 있다.

CONTENTS

1부

WIE FRAUEN FREMDGEHEN

왜 여자는 바람을 피우는가?

한 남자로는 부족했다

"왜 한 남자에게 만족해야 하나요? 달과 별은 모든 사람들의 것
이에요."

사라 리더는 감미로운 목소리로 이렇게 노래했다. 많은 여자들이
공감하는 가사이다.

상당수의 여자들이 남편과의 성생활에서 만족을 못 느끼고 있는
데 이는 남자들이 가장 듣기 싫어하는 말이다. 이 사실에 대해 남편
과 대화를 나눈다는 것은 가장 힘든 일이 될 것이다. 여자의 경우
자신이 경험한 일을 다른 사람에게 이야기하여 공감을 얻기도 하지

만 근본적으로 아무런 변화를 가져오지 않았다.

외도에 관한 경험을 들은 사람은 심한 충격을 받고 괴로워하거나 분노하기도 한다. 겉으로는 아무렇지도 않은 듯 행동하기도 한다. 상상할 수 없는 일이라고 믿고 싶겠지만 사실은 현실이다.

남자는 여자가 자신의 정력과 애정, 급여 그리고 욕망에 대해 불평을 터뜨리는 대담함을 보이면 그 여자를 경시하거나 품위를 손상시키는 방법으로 말문을 막아 버린다. 그는 세간의 매력적인 여자(반드시 육체적으로 매력적인 것은 아니다)와 비교하고 자신을 비난할 때의 말투와 외모를 가지고 넌지시 비꼬기도 한다. 이 정도로도 안 되면 여자를 병적인 사람으로 몰아갈 방법도 알고 있다.
예를 들면, 결코 만족할 수 없는 극도의 성적 충동을 지닌 여자이며, 자신의 여성적 본질을 성적 능력으로 인정받기를 원하는 여자이며, 과거에 자유분방한 성생활을 했을 것이며 이제 섹스 없이는 살 수 없는 여자라고 비난한다.

이런 말을 듣고 나면 여자들은 대부분 회의적으로 변하며 자기 자신에 대해서조차도 회의적인 생각을 하게 되어 침묵하게 된다. 심지어는 아마도 그러한 비난에 대하여 어느 한구석 깨알만한 진실을 발견하게 되고 어쩌면 그것에 대해 사과할지도 모른다. 이로써 남자는 이 문제가 해결되었다고 생각하고 더 이상 다른 대화는 탁자에서 사라지게 된다. 만약 여자가 몇 가지 점에서 인정하기라도 하면 이상하게도 남자들은 비난했던 모든 내용을 철회한다.

리자는 이렇게 까다롭고 예민한 주제에 대해 파트너와 함께 대화를 나누는 일이 얼마나 어려운지를 다음과 같이 말하였다. "예술이 아닌 곡예이다." 심리 분석가인 나의 동료는 여자들이 남자들을 거세시키고 있으며 여기서 비난하고 있는 내용들은 남성성에 대한 표현할 수 없을 정도의 모욕이라고 했다. 또한 남자들을 압박하는 상황을 여자들이 만들고 있으며, 그러한 압박감은 성욕을 감퇴시킨다고 했다. 이해할 수 있는 말이지만 파트너와의 성생활이 만족스럽지 않다면 여자들의 성욕 또한 거세되고 있는 것이 아니냐고 묻고 싶다.

여자들의 성욕을 사라지게 할 수 있는 방법은 많다. 특히 자기 가치 비하는 스스로 자신의 욕구를 죽일 수 있는 아주 유용한 수단이 된다. 젊은 여자가 반복해서 섹시함과 관련 짓는 규격화된 신체조건의 비교 대상이 되면 이 젊은 여자는 자신의 완벽하지 않은 몸매를 부끄러워하게 될 것이며, 사람들 눈에 뜨이지 않으려고 하거나 규격화된 몸매를 만들고자 시도하게 된다. 이렇게 계속되는 자기 부정은 실제로 육체적 쾌락을 빼앗아 갈 수 있으며 유감스럽게도 젊은 여자들에게서 종종 생명을 위협하는 거식증으로까지 악화된다.

인터뷰를 했던 사람들의 경우 그렇게까지 극단적이지는 않았다. 오히려 상호간의 평범한 일상생활이 문제였으며 배후자들 중에 섹스에 굶주렸거나 변태적인 남자는 없었다.

세상이 다 아는 시골뜨기나 축구에 미쳐 술집에 드나들며 토요일마다 만취상태로 침대에 쓰러져 자는 남자는 문제가 되지 않았다. 엄마에 대한 신뢰가 너무나 깊어 다른 여자와 성관계를 가질 용기가 없는 남자 또한 문제시되지 않았다. 틀에 박힌 상투적인 생각이긴 하지만 욕망도 없고, 뻔뻔스러우며 아내와의 사랑을 열망하지는 않지만 이용하는 남자도 문제가 되지 않았다. 관능적 매력이 사라질 정도의 진부하고 오래된 관계 혹은 나이가 아주 많은 파트너와의 관계도 문제가 되지 않았다.

위의 모든 내용들은 받아들일 수 있을 정도의 상황인 것 같다. 그렇지 않은가? 또한 해명의 근거가 될 수 있지만 불안을 조성하거나 문제를 악화시키는 원인은 아닌 것 같다.

물론 아니다. 오히려 아주 평범한 일상생활에서 파트너와의 관계가 문제이다. 주말에만 만나는 관계에서 한 지붕 아래에서 자녀

와 함께 사는 부부 혹은 자녀 없이 사는 부부에 이르기까지 그 차이
는 다양하다. 사실 여자에게도 한 남자에게 만족할 수 없을 정도로
평균치 이상의 성욕이 있을 수 있다. 다시 말해 경우에 따라서는 자
신의 파트너보다 더 섹스에 대한 욕구가 강하다고 볼 수 있다는 것
이다. 이는 그가 그녀에게 원하는 것보다 그녀가 그에게 원하는 섹
스 욕구가 더 강하다는 것을 의미한다. 당신이 이 여자를 성도착증
환자로 판단한다면 나는 당신에게 실망할지도 모른다.

　남자가 여자를 만족시키지 못하는 데에는 물론 여러 이유가 있을
수 있다. 안네(현재 52살이며 당시는 23살)는 남편과의 잠자리에서
흥분을 느낄 수 없었다. 안네는 매력적인 여자이며 자영업으로 성
공적인 삶을 살아가고 있었고, 폭넓은 교우 관계를 유지하고 있었
으며, 아는 사람들도 많았고, 혼자 살고 있었다. 그녀의 파트너는
그녀와 같은 동네에서 혼자 살고 있었다. 그녀는 만족스럽지 못했
던 과거 부부생활에 대해 말하였다. "저는 우선 남편과의 성생활에
불만이 많았어요. 그저 지루할 뿐이었죠. 그 당시 23살이었는데 다
른 경험을 해본 적이 없었어요. 하지만 여러 책에서 주제로 삼고 과
대 선전하는 것이 전부라고 생각하지는 않았었죠."

　안야는 오랫동안 주말에만 파트너를 만날 수 있었기 때문에 성생

활이 원활하지 못하였다. 그녀는 33살이었으나 직업상의 이유로 남자 친구와 떨어져 살아야 했는데 방이 두 개인 예쁜 집에서 혼자 살고 있었다. 그녀는 관계가 지속되는 구체적인 외도를 원하지 않았기 때문에 가끔 기꺼이 다른 남자와 하룻밤 잠자리를 같이 했다. 파트너를 사랑했지만 주말에만 만나는 그와의 성생활에 만족할 수 없었다. 그녀는 자신의 외도가 단지 육체적 욕구에 의한 것이었다고 말했다.

힐트루드의 남편은 일에 지나치게 열정적으로 집중했기 때문에 아내와의 잠자리를 자주 할 수 없었다. 그녀 자신도 직장에서 주요한 자리에 있었다. 아이는 사춘기에 접어들었고 오랜 결혼 생활과 과중한 직업상의 일에도 불구하고 그녀는 스트레스를 많이 받고 있는 남편과의 정열적인 성생활을 원했다. 어느 날 그녀는 자신이 왜 포기해야 하는지 더 이상 이해할 수 없었고, 결국은 몇 번의 외도를 시도했다.

우즐라(42살)는 서류들을 들고 무연탄 색의 판탈롱 슈트를 단정하게 입고 하루종일 회사 업무를 보느라 이리저리 바쁘게 다니며 회사의 직원교육도 담당하고 있다. 그녀는 다른 육체를 느끼는 황홀함에 대해 말했다. 그녀는 전희를 특히 좋아하며 이는 절대 거부

할 수 없는 느낌이라고 했다. 이렇게 육체적 느낌에 의한 성욕은 일반적으로 여자보다는 남자에게 해당되는 경우이다.

실비아는 자신이 균형을 이룬 호르몬의 희생자라고 웃으며 말했다. 그녀는 전형적인 남자들의 직업인 수공업 분야에서 일하고 있으며 동료들과의 모든 개인적인 접촉은 피하고 있었다. 왜냐하면 그들에 대해 잘 알고 있다고 믿지 않기 때문이었다. 호르몬의 '희생자'라는 말은 주로 남자들이 상습적으로 사용하는 핑계의 이유이다. 그러나 인터뷰 파트너들 중 몇몇 여자들이 밝힌 바에 의하면 주기적으로 되풀이되는 호르몬 분비에 의한 성충동을 체험한다고 했다.

페트라(39살, 자녀는 한 명, 자발적이며 도전적인 성격, 직업은 대학 시간 강사)는 잠자리에서 자신이 적극적으로 주도해 가면 파트너가 이를 참지 못했다고 했다. 물론 생물학적 현상이 아닌 심리적 현상임을 알기에 수년간 수동적으로 파트너가 적극적인 모습을 보일 때까지 기다릴 수 있었으며 그 동안 자신의 감정을 속였다고 말했다.

이 여자들은 모두 진지하고 솔직하게 포기하지 않고, 자신의 감정을 승화시킨다거나 합리적으로 생각하여 진정시키지 않고 자신의 욕구를 따랐다. 이들은 "내가 그곳에서 얻을 수 없다면 다른 곳에서 찾으리라!" 라는 속담을 실천한 것이다.

이는 분별없이 너무 쉽게 행동한다는 인상을 줄 수도 있고 냉정하다는 느낌을 주기도 한다. 하지만 남자에게 종속되어야 한다는 태도는 일종의 이기적이고도 잔인한 거래이다.

대부분의 경우 다른 방법으로 파트너와의 성생활에 있어서 그 횟수를 늘리고 질적인 면을 향상시키는 여자들도 있다. 예를 들어 파트너와 자신의 욕구와 불만에 대해 터놓고 대화를 시도하는 것이다. 그러나 이런 시도는 위의 속담처럼 과감하게 시도하는 경우 실패하게 된다. 당사자간에 특히 남자의 명예에 상처를 주지 않는 범위 내에서 합의를 이루어야 한다. 모욕적인 비판은 성욕의 감퇴와 섹스 거부로 이어지기 때문이다.

어떤 여자들은 낭만적인 저녁식사와 속옷 그리고 〈우연히〉 놓여 있는 듯이 보이게 한 애로틱한 잡지들을 이용하여 유혹의 기술을 연습하기도 한다. 〈너, 도대체 왜 그래?〉 라든가 혹은 〈내가 무엇인가 잊은 것은 없나?〉 라고 자문해볼 정도로 모든 정성을 다하여 효과가 나타난다면 변화는 빨리 나타날 것이다. 안네의 소견에 동감하는 바이다. 안네는 남편이 큰 반응을 보이지 않아도 실오라기 하나 걸치지 않은 알몸으로 부엌의 식탁 위로 뛰어 올라갈 수도 있다고 했다. 그러나 그녀는 길거리에서 스치는 미니 스커트를 입은 낯선 여자의 엉덩이가 남편을 충분히 자극할 수 있음을 알고 있었다. 이렇게 냉정한 관찰은 괴로워하는 대신 이용할 수 있게 한다. 다시 말해서 안네는 반대로 다른 남자들이 자신의 엉덩이에 같은 반응을 보일 것이라고 확신하고 있있다. 그녀는 이러한 현상을 〈영역의 문제〉라고 했다.

독자 여러분이 잘못된 돌출행위로 인한 실수를 알아내고자 한 적이 있다면 여러분은 다른 남자들의 제안이 잘못된 것임을 알려줄 수 있다. 그러나 어떤 여자들은 비판적으로 문제점을 제시하거나 부족함을 깨닫는 대신 포기하여 남자들의 특별한 습성과 다른 남자들의 몇 가지 제안을 받아들이기도 한다.

이 여자들은 언젠가 자신의 욕망을 이루고자 싸우는 일에 흥미를 잃게 될 것이다. 그래서 변화를 위한 시도는 엄청난 에너지를 소모하며 아무런 소득 없이 계속된다. 그 시도의 결과로 돌아오는 것은 흔히 남자들에게서 듣는 한숨 섞인 메아리뿐이다.
〈도대체 그녀가 원하는 것이 무엇이란 말인가?〉
여자들은 두 사람의 관계를 주제로 불편한 상황에 대해 말하고

싶어한다. 이럴 때 남편은 진심으로 귀를 기울이고 성의 있는 대답
을 해야 할 필요가 있다. 그러면 여자의 입장에서는 그 문제에 대하
여 그 사람이 참을 수 없게 되어 화를 낼 때까지 계속 반복해서 말
할 필요가 없을 것이다. 게다가 이혼한 남자들이 흔히 말하는 내용
은 다음과 같다.

　법정에서 증언을 한 후 판사가 판결을 내릴 때까지도 아내가 왜
자신과의 관계를 끝내려고 하는지 그 이유를 알 수 없었다는 것이
다. 내 생각에는 그 이유는 수천 번의 헛된 대화의 시도이며 그에
따른 결과가 〈갑자기〉 행동으로 나타난 것이다.

　남편과의 관계를 끊어버린 여자들은 더 이상 자신이 바싹 말라
버린 노처녀로 느껴질 때까지 기다리고 싶지 않았고 또 그럴 수도
없었다고 한다. 남편을 혐오하는 자신을 볼 때마다 자신이 처한 상
황을 생각하며 우울한 자기 파괴의 길로 빠져드는 자신을 느꼈고,
가장 힘겨웠던 일은 멈추지 않고 달려가는 포기라는 기차에서 뛰어
내리기로 한 결정의 순간이었다고 한다. 그리고 이 여자들에게 『데
카메론』에 나오는 필리파와 같은 당당한 삶이 주어졌다. 필리파는
간통죄로 심판관 앞에 서게 되었으며 사형을 언도 받게 될 처지에
있었다. 그녀는 용감하게 심판관들에게 물었다. "내가 남편이 책임
질 수 없는 나의 넘치는 욕정을 묻어 버리고 못쓰게 내버려두는 대

신 다른 사람에게 주었다고 해서 남편에게 빼앗은 것이 무엇이란 말인가요?"라고. 그후 여자의 간통으로 인한 사형 언도는 법정에서 사라졌다.

살을 찢는 듯한 고통을 주는 자기반성을 던져버린 여자들은 자신이 필요로 하는 것을 얻기 위해 결정하고 즐기고 싶은 것을 즐기기 위해 결정했다.

이것이 전부일 수는 없다

Das kann doch nicht alles gewesen sein

생활과 사랑이 가져다주는 것들이 전부는 아니라는 생각 때문에 한 남자에게 만족할 수 없는 감정에 빠지게 된다. 물론 생활과 사랑의 본질적 동기는 서로 다르다고 할 수 있다.

우선 바람을 피우게 되는 이유는 현재 성생활에 있어서의 불만족에 있었다. 변화를 시도하고 에너지를 밖으로 발산하고자 하는 결심에는 엄청난 심리적 부담이 따른다. 그렇다고 해서 성적인 만족이 전부라는 생각에 반드시 앞서는 것은 아니다. 조화로운 파트너와의 관계 그리고 성생활에 있어서도 만족스럽고 활기찬 관계 또한 불가능한 일이 아니기 때문이다. 많은 여자들이 자신의 파트너와의 관계에 대해 만족하고 행복하다고 말하고 있기 때문이다.

　여자의 삶에는 관습에 의한 피할 수 없는 상황이 있고 그 속에서 여자는 어쩔 수 없는 고통을 느낀다. 이렇게 고통스러운 감정은 마음속에서 서서히 타오르는 격한 감정, 불안 그리고 좀더 자극적인 욕망으로 표현된다. 또는 좀더 나은 상황이나 자신을 행복하게 해주는 일을 찾는 것이 아니라 오히려 일상에서 벗어나려는 시도를 하게 된다. 남자에게 있어서 이러한 반응은 중년의 위기를 나타내는 특징이며 그 연령대 남자의 일대기와 관련이 있다. 대략 50살이 되면 남자는 인생에 있어서 무언가 중요한 것을 놓치지나 않았나 하는 공포심에서 다시 한번 자신의 삶에 변화를 주어야 한다고 생각하며 자신의 정력이나 매력을 증명하고자 한다. 소위 늙어간다는 사실에 적응하기 힘들기 때문에 나타나는 현상인 것이다.

　인터뷰를 한 여자들에게서 나타난 징후들은 — 위에서 언급한 중년의 위기의 특징과 비슷하기도 한 징후들 — 남자들의 경우와는 달리 나이와는 전혀 상관이 없었다. 17살에서 52살에 이르는 여성에게 그러한 징후들이 일어났기 때문이다. 물론 52살이 넘는 여자들 중 그러한 감정을 느끼는 경우도 있다.

지금까지 살아온 관습적인 세상의 구조에 갑자기 반항하고 싶어
하는 경우도 있었다. 18살의 그녀는 얼마 전부터 남자 친구를 사귀
었다. 동시에 그 남자 친구와 이미 오랫동안 같이 살고 있던 여자와
도 사귀었다.

직업교육을 받고 있는 19살의 안야는 다음과 같이 말했다.
"제가 필립과 헤어진 이유는 없어요. 그에게는 아무런 문제도 없
었고 그와의 성생활에도 불만이 없었어요. 그런데 어느 날 아침 잠
에서 깨어나 이것이 전부는 아닐 것이라는 생각이 들더군요."
리사는 인터뷰 당시 두 번째 아이를 임신중이었으며 파트너와 같
이 살고 있었다. 그럼에도 불구하고 유동적인 현대 생활에서 그와
의 관계가 지속적으로 유지된다는 것이 이상하다고 생각하고 있었
다. 끊임없이 변하는 시대에 일부일처제라니?

인터뷰를 통해 알게 된 사실은 일상생활을 뒤로 하고 질적인 면이
더 강조되는 것만은 아니었다. 가끔 실망하기도 했지만 새로움에 의
한 자극에 빠지고 싶은 유혹은 강했다. 특히 자신을 새롭게 발견하
고자 하는 욕구가 너무나 간절하여 실망조차도 감수하기까지 했다.

"제가 그렇게 해보지 않았다면 감춰진 저의 본질이 무엇인지 결

코 알지 못했을 거예요." 두 아이의 엄마인 에스터는 확신했다. 그녀는 지금 안식년중이며 주도면밀하게 계획을 세워 애인과 함께 여행을 갔었다. 결국 애인과의 그러한 만남에 실망했지만 사치스럽고 은밀했던 여행을 후회하지는 않았다. 그녀 스스로 자신에게 만들어준 경험이었으며 아마도 그녀의 나머지 인생에 있어서 두 번 다시 가능한 일이 아니었기 때문이었다. 그녀 본래의 내면화된 규범의 한계를 넘었다고 생각된다. 그녀는 타협이나 예방조치 없이 무엇인가를 자신에게서 끄집어낸 것이다. 이 일이 있기 전까지 그녀는 책임감이 있었고 안전을 추구했으며 그녀의 생활에는 한 걸음 한 걸음마다 신중함이 배어 있었다. 이제 다른 남자와의 만남으로 인해 그녀의 개인적인 관계들이 예측할 수 없는 모험에 빠져들었다.

의무감에 대한 갈등 속에서 자기인식을 향한 그리고 새로운 것과의 상호작용에 의한 체험을 통해 자극을 향한 추진력이 외도를 유발시킨다고 한다. 이러한 체험은 첫 파트너와의 관계를 또는 수년간 지속된 파트너와의 관계를 끝내는 동기가 되었다고도 했다. 외도에 의한 관계는 오래 지속될 수 없기에 그로 인한 불안감을 많이 체험한 여자들 또한 이에 대해 언급했지만 변화와 자극을 얻고자 하는 소망이 근본적인 동기는 아니었다.

인터뷰를 통해 듣게 된 여러 이야기들은 사람들이 거주지와 휴가 장소 그리고 단골 음식점과 직장을 바꾸는 이유에 대해 생각해보게 한다. 외도의 원인은 외적인 것이나 파트너의 잘못된 태도 그리고 상호관계에서 나타나는 결손에 있지는 않았다. 오히려 심적인 부담을 느끼지 않고 일상생활의 범위를 넘어 팽창하고자 하는 욕구를 가진 본인에게 있었다. 아니면 아마도 진짜 이유는 지루함 때문일 수 있으며 새로운 자극의 결핍일 수도 있다. 흥미롭게도 이러한 이유가 가장 흔한 이혼의 원인이 되기도 했다. 그렇다고 새로운 연애관계와 권태감을 주는 남편과의 관계를 바꾸기 위한 필연적 동기는 아니었다.

리사는 위에 언급된 외도의 동기에 대해 다른 견해를 보였다.

"사람들은 재미와 긴장, 모험과 자극에 관해 자주 얘기하죠. 그리고 새로운 상황에 유연하게 대처해 나가고 있으며 직장에서도 잘 적응하고 있고 심지어는 언제든지 직장 내의 모든 사회적 구조를 무너뜨릴 준비도 되어 있다고 해요. 저는 강요된 솔직함과 과장이 심한 상황에도 불구하고 한 장소에서 두 배우자간의 관계에 대해 이야기하다가 갑자기 뭔가 아주 다른 가치를 선택하는 태도를 상상할 수 없어요. 저는 상황이 변한다고 쉽게 태도를 바꿀 수는 없다고 생각해요. 그렇지 않나요?"

생의 끝자락에서 느끼는 감정과 지금의 관계를 끝까지 지속하려는 감정을 에릭 케스트너라는 시인은 그의 시에서 잘 표현하고 있다.

건조한 사랑

에릭 케스트너

그들이 함께 한 시간은 8년간,
(서로를 잘 안다고 할 수 있지.)
갑자기 사랑이 사라졌지.
지팡이와 모자가 없어지듯.

그들은 슬펐지만, 명랑한 척 속였지,
아무 일 없는 척 키스를 했지,
그리고 서로 바라보다가 더 이상 알 수 없게 되었지.
그녀는 갑자기 울기 시작했고 그는 말없이 서 있었지.

사람들이 창가에 서서 저 멀리 배를 바라볼 때
그가 말했지, 4시 15분 정도 되었을 거야.
커피 마실 시간이군.
그 옆에 한 사람이 피아노를 치고 있었지.

그들은 동네에서 제일 작은 카페로 가서
커피를 젓고…
저녁까지 계속 그 곳에 앉아 있었지.
둘이서 그저 앉아 있었지, 아무 말도 없이.
그리고 그런 자신들의 모습조차 알 수 없었지.

휴가 여행지에서의 사랑

휴가 여행지에서 바람을 피우는 경우는 다르다. 휴가 중 알게 된 사람과의 만남은 서로 손해볼 것도 없고 따분하고 지루한 만남도 아니며 중요한 역할을 하는 만남도 아닌 휴가 그 자체의 상황이다. 부부처럼 보이는지 아닌지, 연인처럼 보이는지 아닌지 상관 없이 휴가중이라는 상황 그 자체가 바람피우기 좋은 결정적인 기회를 제공한다. 여자들은 일상생활에 얽매여 살고 있다. 그러나 휴가 중에는 일상생활을 유지하기 위한 요구들, 일정 그리고 의무 등에 신경 쓸 필요가 없다. 시간 맞추어 깨우기, 식사 챙기기, 아이 돌보기, 집 안일 등 모두 잊게 된다. 전화를 받거나 장을 보러 가거나 다음날 직장에 가기 위해 일찍 잠자리에 들 필요도 없다. 불쾌한 우편물도 없고 쓰레기를 분리 수거할 필요도 없다. 자유 그 자체이다!

일상에서 벗어나 책임과 의무로부터 자유롭고 파트너와의 관계에 신경 쓰지 않아도 된다. 과거 싱글이었던 때의 기억이 떠오른다. 책임지고 해야 할 일이 없어지는 것이다. 관계의 성숙함이나 두 사람 서로를 망치는 잘못된 관계의 발전도 없다. 단지 서로 알게 된 두 사람 사이의 동등함만이 중요하다. 일상생활에서 발생하는 예측할 수 없는 사건도 일어나지 않는다. 만일 그런 일이 일어났다 할지라도 그다지 중요하지 않으며 아니, 결코 일어나지 않는다. 또한 일상의 일에 찌들고 스트레스를 받아 더 이상 참을 수 없게 되어 불화가 생기는 원인도 없다. 서로 어디서 왔는지, 어떤 소문이 났었던 사람인지, 어떤 직업에 종사하는지 그리고 가정에서 재대로 역할을 잘 하는지 아니면 소홀히 하는지 알 필요도 없다. 한 사람을 만나든 혹은 더 많은 사람을 만나든 상관 없다. 한 사람에게만 호기심을 보인다면 오히려 충격으로 받아들여질 정도이다.

심리학에서 이러한 현상을 〈투사〉라고 한다. 우리의 내면에 내재되어 있는 각기 다른 우리의 모습을 말하며 그러한 우리의 모습에 반응을 보이는 것이다. 여러 모습으로 투영된 나의 모습을 통해 나 자신을 관찰하거나, 나의 정체성, 나 자신에 대한 생각과 인격을 형성해 가는 것이다. 내가 누군가를 감동시켰다면 그로 인한 긍정적인 자아의식이 형성될 것임을 쉽게 알 수 있다. 우리가 누군가와 오랫동안 알고 지내면 그 사람에 대해 어떤 고정적인 생각을 가지게 된다. 그래서 때때로 자신을 바로 비추어 볼 수가 없다. 새로운 사람을 알게 되면 우리는 〈완전히 새로운 눈〉으로 그의 동공에 비추어진 나의 모습을 보게 된다.

힐투루드(51살)는 대단한 매력을 지녔으며 회사의 경영진이었다. 그녀는 결혼 후 부득이한 사정으로 처음으로 혼자 떠나야 했던 과거 어느 휴가를 회상했다. 남편은 직업상의 이유로 같이 갈 수 없었다. 당시 그녀는 33살이었고 직장에서 경력을 쌓느라 바빴다. 아들은 방학 때 계획되어 있던 여행을 가야 했기 때문에 혼자서 휴가를 떠나기로 결정했던 것이다. "어떤 사람이 저를 알고 싶어했어요. 호감을 보이고 말을 걸어오기도 하고, 곁눈질로 쳐다보기도 했어요. 제가 특별히 관심을 끌만한 행동을 한 것도 아니었는데. 모임에서 저는 똑똑한 발언을 한 것도 없고 또 멋지게 꾸며 입고 나가지도 않았고, 특별한 것을 요리하지도 않았어요. 저는 그저 휴식을 취하고 싶었어요. 그런데 그는 저의 그런 모습을 있는 그대로 받아들여 주었지요. 그리고 그는 방송과 유머, 예쁜 코 등등 일상생활에서 흔히 말하지 않는 사소한 일들에 대해 이야기를 했는데 너무나 감동적이었어요." 소박한 관심이 특별한 관심을 끌기도 한다. "그는 저를 저와 관련된 사람들이나 제가 해야 할 업무와 연결짓지 않았어요. 저에 대한 첫인상 그 자체로 저를 받아들여 주었어요. 있는 그대로." 이렇게 다른 사람의 눈에 투영된 자신의 다른 모습을 새롭게 경험하게 되는 것이다. 숨겨져 있던 한 개인의 다른 면들이 생명을 얻는 순간이며 흥분을 감출 수 없는 새로운 경험인 것이다.

휴가 여행지에서는 일상의 일에 매어 있는 환경에서 벗어나 다른 사람을 만날 기회가 있다. 일상의 사소한 일들에 신경 쓸 필요가 없다. 그녀가 혹은 그가 치약뚜껑을 닫아 놓았는지 열어 놓았는지, 화장실 휴지를 어떻게 돌아가게 걸어놓았는지 전혀 문제가 되지 않는다. 확실히 감동적인 것은 어느 누구도 불평을 늘어놓지 않는다는 것이다. 대부분 사람들은 여행지를 선택해서 가게 되는데 선택된 여행지는 다른 기회의 공간으로써 또 다른 유혹으로 다가온다. 기후 혹은 문화적으로 다른 환경이 우리의 감각을 흥분시키며 새롭게 깨어난 느낌을 갖게 하고 정신적·육체적 긴장을 풀어 준다. 마침내 태양, 눈, 신선한 공기, 출렁이는 파도, 언덕의 푸른 잔디, 산의 웅장함 등 여행지에서의 모든 환경들이 우리에게 활력을 주며 우리를 무장해제시킨다.

우리는 카펫을 바꾸었을 때 나타나는 긍정적 효과를 잘 알고 있다. 다시 한 번 관찰하게 되며 진부한 편견을 가지고 다음 스케줄을 미리 생각하면서 매일 다니는 익숙한 길을 달려가지는 않을 것이다. 이러한 만족감은 우리의 정신을 각성시키기에 충분하다.

"굉장했어요. 아무것도 신경 쓸 필요가 없었어요. 태양, 바람, 그곳의 낯선 문화를 망설임 없이 마음껏 즐길 수 있었어요. 압박감이나 책임감 같은 것들은 저 멀리 사라졌고 섹스도 마음껏 즐겼죠. 스무 살이나 더 젊어진 것 같았어요. 한순간 이따금 뭔가 서글프기도 했어요. 모든 일에는 끝이 있는 법이죠. 저는 그런 사실을 잘 알아요. 그럴수록 그런 기분을 떨쳐버리고 매순간을 즐기고 새로운 활력을 찾으려고 집중했어요."

파트너와의 관계를 위해 뭔가 타협안에 합의할 필요가 없으며 처리해야 할 사소한 일도 없고 서로 의논하여 결정해야 되는 부담스런 계획도 없다. 모든 일상적인 것들로부터 벗어났다는 사실이 다른 사람을 만나 섹스를 즐길 수 있는 정신적 여유와 자극을 주게 된다.

물론 이러한 종류의 자극은 오래가지 못한다. 모든 새로운 것은 일상적인 것으로 변하기 마련이며 새로움이 지닌 특별한 가치도 기성화된 가치가 되기 마련이다. 그것도 잘된다면. 휴가 여행지에서의 사랑이란 시간적 제한과 서로에 대한 요구가 없다는 특성 때문에 더 빛이 난다고 볼 수 있다. 인터뷰 파트너들 중 몇몇 여자들은 가능한 여건이 되면 휴가 여행지에서의 만남을 일상생활에까지 연장시키고자 했다. 집에 돌아와서도 애인을 몰래 만났지만 여행지에서 맛보았던 그런 감정은 사라지고 항상 다른 사람의 시선을 의식해야 했다. 대부분 한 번의 만남을 끝으로 관계유지는 실패로 끝났다. 이는 그런 관계의 본질을 이루고 있는 가벼움이 사라지기 때문이며 이러한 외도의 관계는 상대방에 대해 책임을 지려 하지 않기 때문이다.

대부분 여행지에서의 연애사건은 평범하지 않은 일로 기억에 남는다. 짧은 기간 일어났고 일상을 벗어났었다는 점 때문에 더 특별하다. 무엇보다도 자신의 약점을 개입시킬 필요가 없으며 약점 때문에 비난받는 일도 없다. 비난의 화살이 쏟아지기 전에 휴가는 끝나버린다.

애인의 불쾌한 성격 때문에 다투고 괴로워할 필요도 없고 이렇게 매일매일 살아갈 수 있냐는 질문에 대답하지 않아도 된다. 지나가 버린 시간에 대한 그리움에 한숨 섞인 목소리로 "아, 정말 좋았는데!"라는 말 한마디면 된다. 두 눈에 빛나는 광채와 그리움 그 자체는 애인의 인격보다는 오히려 긍정적인 자아의식과 육체에 느낌을 같게 해주었던, 긴장이 사라지고 생동감이 넘쳤던 전체적인 상황과 더 밀접한 관계가 있는 것이다.

일상과 상관 없이 맺어진 관계는 이상적인 관계를 투영시킬 수 있는 가능성이 없다. 현실에서 불가능한 모든 꿈과 환상이 일상적인 것들을 책임지지 않아도 되는 관계에서는 가능하다. 인터뷰 파트너들 중 몇몇 여자들은 일상적인 것에 너무 큰 비중을 두지 않는 상황이라면 지금의 파트너와도 여행지에서 느꼈던 비슷한 행복감을 느낄 수 있다고 인정했다. 또한 여행지에서의 사랑도 일상에서 벗어날 수 있는 매력이 없다면 일상에서와 다름없는 문제가 생길 수 있음을 인정했다.

공주가 된 신데렐라

Die begehrte Prinzessin

어느 한 유명한 배우가 말하기를 남편이 유치원에서 아이를 데려오거나 냄비 닦는 일을 계속 잊어버리고 하지 않는다면 남편과 정열적인 프렌치 키스를 나누기 어렵다고 했다. 일상의 단조로움 때문에 욕정에 집중하게 되면 그 어떤 형태로든 바람을 피우게 된다.

일제(36살)는 학교 선생님이며, 남편과 전남편과의 사이에서 태어난 아이와 함께 살고 있다. 그녀는 활기차고 스포츠를 즐겼다. 지금의 남편은 스포츠와 관련된 자리에서 만났다. 일제는 그녀의 일상생활 중 하나의 상황을 앞에서 언급한 상황과 관련지어 설명했다. "아이는 할아버지댁에 갔고 저는 샤워중이었어요. 남편과 저에게 부모로서가 아닌 부부로서 둘만의 시간을 즐길 수 있는 기회가 생긴 거죠. 그런데 남편이 어떻게 했는지 아세요? 욕실에 들어와서는 아주 자연스럽게 아무렇지도 않게 대변을 보는 거예요. 욕실에 그의 냄새를 남긴 채 컴퓨터 앞에 앉더군요. 무시당한 기분이 들었어요. 눈물이 쏟아졌지만 곧 이성을 찾고 제 자신에게 말했어요. '도대체 네가 무슨 생각을 하는지 모르겠어, 정신 차려, 그냥 컴퓨터를 하고 싶었던 것뿐이야. 네가 무슨 생각을 하고 어떤 계획을 생각하고 있는지 그가 어떻게 알 수 있단 말이야?' 저는 가운을 걸치고 애정이 넘치는 마음으로 뒤에서 가만히 그에게 다가갔어요. 그런데 남편이 신경질적으로 거절했어요. 전 생각했죠. 당신이 우리의 멋진 아침식사를 망친 거야!' 일제는 아침을 차렸고 뼛속 깊이 좌절감을 느꼈으며 모든 의욕이 사라지는 것 같았다. 식사중에 아무런 말도 하고 싶지 않았지만 자신의 처진 기분을 나무랐다. "제 생각에 남자들의 유혹하는 솜씨가 조금만 발휘된다면 관계가 훨씬 더 좋아질 것 같아요. 우배는 여자를 기쁘게 해줄 줄 아는 재주가 있었어요. 그는 아침식사를 침대로 가져다주었는데 그 스스로 그렇게 했어요. 만일 제가 샤워를 하면서 알몸으로 서 있거나, 그의 옆을 지나갔다면 최소한 저에게 호의적인 시선을 보내거나 약간의 애무나 혹은 친근감을 나타내는 가벼운 인사말이라도 했을 거예요.

저는 다시 여자임을 느끼고 다른 남자가 아직도 원하는 여자이며 뭔가 선물을 받은 느낌이 들겠죠." 물론 일제는 우배라는 남자가 없을 때에도 원래 그런 여자였다. 아무도 불러주지 않고 누군가에게 주목받지 않는다는 생각을 했었던 것이다.

시간이 지날수록 남편과 아내가 집이나 가구 같은 생활에 필요한 재산목록으로 간주되거나 당연히 그렇게 취급되는 것에 놀라지 않을 수 없다. 인터뷰 파트너들 중 대부분이 다음과 같은 결론을 내렸다. 남편이 집을 일종의 아침식사를 제공하는 하숙집으로 혼동하고 있었으며 그의 뜻대로 모든 것들이 — 아내를 포함하여 — 제대로 잘 돌아가고 있으면 만족하며 축복을 받았다고 생각한다. 그리고 휘파람을 불면서 자신의 에너지와 관심을 밖으로 돌린다고. 흥미롭게도 자신의 욕구와 정욕을 즐기는 남편 때문에 당황한 여자들 중에 남편에게 부부생활권 외의 다른 생활권 — 폭발하기 일보 직전의 욕정을 억제할 필요가 없는 곳 — 이 있을지도 모른다고 의심해본 경우는 거의 없었다. 아니, 남편이 뭔가 이상했다던가 뭔가 적대적인 태도를 보였다고 생각할 수 없었으며 그런 기억도 없다고 했다.

욕망이 반드시 육체적인 것에만 관련이 있다고 볼 수는 없다. 종종 직업상의 성공, 지적 지식 혹은 개인의 재능과도 관련이 있다.

누군가 나와 나눈 대화에 기쁨을 느끼면 존경받고 인정받았다는 체험을 하게 된다. 누군가 춤을 추고, 테니스를 치고, 말하고 생각하는 수준 그리고 항해하는 기술 등과 같은 재주에 주목하여 관심을 나타내기라도 하면 거의 감동받지 않을 수 없다. 훌륭한 성과나 직업상의 성공이 인정받으면 축제라도 열고 싶어진다. 한마디로 기분이 좋다. 나의 경쟁자가 나를 긍정적으로 평가했다는 사실로 인해 나의 건재함과 자아의식, 자신을 사랑하는 마음이 증폭되는 것이다. 실제로 자기 자신을 사랑하고 긍정적으로 표현할 줄 아는 사람은 그만큼의 대가를 돌려받는다.

사정이 반대인 상황에 있는 사람들도 있다. 지칠 때까지 일을 하고 그 어떤 형태로도 평가받지 못하여 좌절감을 느끼는 경우이다. 기분은 씁쓸해지고 상냥하게 행동할 수 없게 된다. 한 개인의 빛나는 성과를 축하해야 한다는 의미가 아니다. 평범하고 일상적인 일들 — 즉 육아 혹은 피할 수 없는 집안 일이나 생계에 필요한 일 등 — 을 잘해냈을 때 인정받는 것을 말하는 것이다. 무기력과 스트레스라는 개념은 우연히 우리가 살고 있는 이 시대에 자주 나타나는 것이 아니다. 올림포스 신들이나 해낼 수 있는 성과는 아니라 해도 보통의 여자들과 어머니들은 자신의 한계까지 아니, 한계를 넘는, 마땅히 지켜야 하는 규정처럼 되어버린 이중 삼중의 부담에 시달리고 있다.

전력을 다한 노력의 진가가 인정받지 못한다면 깊은 좌절감을 느끼고 때로는 포기하고 싶어지는 것은 너무나 당연한 일이다. 존중되고 그 진가를 인정받는 일은 대부분 여자와 어머니에게 돌아가지 않는다.

이제 그들은 모든 것을 넘어 매력적인 모습으로 변하고자 하며 계속 매력적인 여자로 남아 있고 싶어한다. 압박감과 부담감이란 자리에 젊음과 아름다움에 대한 환상이 대신한다. 그리고 선전에 나오는 여자들처럼 모든 것이 그렇게 자유롭게 이루어지지 않는다는 사실에 놀라기도 한다

"경쟁이 심한 편이에요." 리자가 말했다. 자신의 몸을 소중히 여기고 좋은 컨디션을 유지하고 오늘날의 기준에 따라 바람직하고 매력적인 몸매를 유지하기 위해서 돈과 시간이 필요하다. 남는 시간은 별로 없고 돈도 벌어야만 한다. 〈일상화되어 버린 무시〉가 더해짐에 따라 인정받고 싶은 마음의 갈증은 그만큼 더 커진다.

그리고 갑자기 그가 거기에 있는 것이다. 다른 남자가. 여자는 그의 강인한 시선에 끌리고 남자는 그녀를 얻기 위해 위트나 기지를 발휘하여 그녀를 향한 욕망이란 신호를 보낸다. 그녀의 비위를 맞

추고 있는 것이다.

매일매일 가족과 남편에게 집중해야 한다는 생각이 당연함으로 받아들여지고 있다. 남편이 어쩌다 아이들과 놀아주고 창문을 청소해 주기라도 하면 얼었던 마음은 봄눈 녹듯 풀리고 장을 보고, 청소하고, 셔츠를 다리고, 침대보를 벗기고, 아이들 물건을 정리하는 것과 같은 일상의 일들은 다시 당연함으로 받아들여진다. 좋아하는 일에 관심을 갖거나 건강을 위해 투자할 시간이 없다는 사실을 본인 스스로도 잘 모르게 된다.

그런데 누군가 다가와서 〈호강〉이란 단어를 기억나게 해준다. "제가 갑자기 공주가 된 것 같았어요. 그는 저에게 관심을 쏟아주었고 식사초대를 해주는 식으로 저를 배려해 주었어요. 그가 마지막으로 저를 언제 초대했는지 모르겠어요. 더 이상 초대할 필요가 없어졌어요. 이 남자가 저를 생각하고 있었다는 사실이 믿기지 않았어요. 여러 해가 지나면서 제 자신이 시간에 맞추어 변신하는 신데렐라가 되어 있었고, 상황이 반복되면서 저는 차츰 공주가 되어갔어요. 활력을 되찾고 새 옷도 사 입었어요. 제 자신이 그럴 만한 가치가 있고 소중했기 때문이죠. 웃는 날이 많아지고 술 없이도 샴페인을 마신 것 같은 황홀한 시간이 계속되었어요."

일제는 수년간 같이 살고 있는 지금의 남자 친구와의 관계가 시작될 때의 기억이 가끔 불꽃처럼 일어난다고 했다. 그리고 깊은 비애가 마음속에 가득 찼다고 했다. "제 생각에는, 아주 중요한 사실인데요, 어떤 식으로든 여하튼 끝나지 않는다는 거예요. 다른 사람들은 어떻게 하는지 모르겠어요. 그에게 그런 제 심정에 대해 이야기하자 그는 그가 나를 존중하고 있고 사랑하고 있음을 제가 당연히 알고 있다고 생각하고 있었어요. 대화는 계속 되었고 어느 시점에서 '그런 거지 뭐!' 라는 저항할 수 없는 생각에 나 자신이 어느 정도 중독되어버린 치명적인 저의 모습을 느꼈어요."

그녀의 왕자가 신발 한 짝을 들고 쫓아다니고 나면, 그녀는 그와 육체적으로 깊은 사이가 되며 새로운 욕망을 체험하게 된다. 상대방에 대한 추측과 상상은 그가 갈망하는 대상이 나 자신이고자 하는 욕망을 갖게 하며 그에게 잘 보여 지속적인 관계를 갖고자 하는 원인이 된다. 이와 관련하여 나의 남녀동료들 대부분은 그들의 책 속에서 여자의 자기도취에 관한 해답을 찾고자 한다. 그러나 사실은 다음과 같다.

현재의 파트너에 대한 욕구와 지금 자신이 처해있는 일상에서 행해지는 것에 대한 신중함이 느슨해졌기 때문이다. 이때 다른 왕자들이 결정적인 기회를 갖게 되는 것이다. 가끔 기회가 오기도 한다.

기회를 얻은 왕자는 그 결과가 어떻게 될지 그리고 신데렐라가 그녀의 옛 집에 대해 어떻게 기억하고 있는지 너무나 잘 알고 있다.

당연히 잘 작동되고 있는 물건처럼 취급받는 것을 좋아할 여자는 한 명도 없다. 자기가치에 대한 의식은 이러한 상황에서는 빠르게 사라지기 마련이며 아주 완전히 사라지기도 한다. 그러나 자기가치 의식은 다른 사람으로 인해 다시 나타날 수도 있다. 그 다른 사람과 옆 무대에서 활기를 찾을 수 있다. 옆 무대에서의 만남이 반드시 연애사건으로 발전하는 것은 아니다. 많은 사람들에게 있어서 옆 무대에서 다른 사람과의 만남은 좋은 느낌 그 자체를 경험하게 해준다. 다양한 종류의 취미와 스포츠는 그런 좋은 느낌을 경험할 수 있는 환경을 조성해주며 옛날에 좋았던 그 시간 속으로 데려다준다. 또한 다시 주목받고 있음을 온몸으로 느끼고 활기를 되찾는다. 가끔은 자신의 다른 모습을 보여주기 위해 만나게 되는 여자 친구들과의 모임 같을 수도 있다. 다른 눈빛으로 자신을 바라보는 다른 남자들과의 관계가 이러한 옆 무대와 같은 역할을 하는 것이다.

결혼생활에서 탈출하기 위한 발판

외도는 분명 부부를 이혼으로 이끈다. 속임을 당한 남편은 자신에게 가해진 상처를 극복할 수 없기 때문이다. 상처받은 자아의식과 아내에 대한 잃어버린 신뢰가 이혼에까지 이르게 하는 것이다. 아주 드문 경우이기는 하지만 노골적으로 행해진 외도는 심한 충격은 주지만 이혼으로까지 치닫지 않는 경우가 있다. 외도가 부부관계에 가져다주는 결론은 〈싹쓸이 해버리는 싸움〉, 혹은 〈개혁과 구조조정〉이란 말로 표현될 수 있다. 많은 부부들이 배우자가 외도를 했을 경우 같이 살기로 하거나 이혼을 한다. 외도를 관계개선을 위해 한 걸음 나아가 구체적인 발전 가능성을 찾는 계기로 삼아 힘든 상황을 극복해 가는 경우도 있다. 외도를 기회로 승화시키는 경우이다. 이런 선택을 한 부부는 전문가의 도움을 받아 외도의 이면에 숨겨져 있는 문제점을 분석하고 그 문제가 지닌 의미를 이해하려고 노력한다. 이로써 이미 의도한 바 상당부분 기초작업이 끝난 것이다.

그러나 대부분의 부부들은 그 일에 대해 계속 생각하고 싶어하지 않으며 그저 잊어버리려고만 한다. 이혼할 수 있다는 상황이 너무나 위협적인 현실로 다가오기 때문이다.

이 장에서 다소 의도적인 혹은 의도적이 아닌 이혼에 대해 다루어보고자 한다.

외도는 부부관계를 끝내기 위한 발판의 역할을 할 수 있다. 바람을 피운 사람은 모종의 의도를 가지고 애인을 찾아다니지 않는다. 나중에 알게 된 사실이지만 인터뷰 파트너들 중 몇몇 여자들은 다음과 같이 고백했다. 파트너가 바람피우는 것을 어느 정도 감을 잡고 있었으며 파트너의 외도를 부추겨 이혼하고자 하는 본인의 목적을 이루었음을.

"수 년간 우리 부부 사이에 습관처럼 되어 버렸어요. 더 이상 놀라지도, 화가 나지도 않는 사실에 제 자신이 아무런 느낌이 없었어요.

그리고 저는 베른트와 교제를 시작했죠. 그는 마법사의 주문 같은 말만 했어요. 부부 사이에 금기시하는 부분이 생긴 거죠. 남편과는 어떠한 해결점을 찾을 수 없었어요. 베른트는 남편과 비교해 볼 때 문제되는 점이 하나도 없었고 점점 더 그에게 호감을 갖게 되었어요."

그리트는(당시 32살) 공무원으로 일하면서 대학에 다녔고 직업적으로 확고한 위치에 있었으며 5년의 연애 끝에 결혼하여 결혼생활 5년째에 접어들었었다. 그녀는 아이를 갖고 싶었던 소망에 대해 이야기했다. 그녀는 항상 아이를 원했고 남편은 절대 반대했다. 약 7년간 그녀의 소망을 참고 지냈다. 그 사이에 자신의 소망을 남편에게 더 이상 말하지 않게 되었는데 해답이 나올 것 같지 않았기 때문이었다.

아이문제로 남편과 대화를 나누면 나눌수록 점점 더 불쾌한 대화가 되었다. 남편은 그녀의 소망을 난센스로 받아들이거나 경제적·생태환경적 근거를 들어 이의를 제기했다. 아이를 원하는 그녀의 소망은 신경을 건드려 짜증나게 하는 주제일 뿐이었으며 항상 과민 반응을 나타내거나 흥분했으며 경시하는 말로 반대하는 이유를 들었다.

그리트가 베른트와 친해지면서 그는 오랫동안 마음놓고 밖으로 드러내지 못했던 그녀의 소망에 대해 큰 이해심을 보였고 두 사람은 그렇게 그 만큼 더 가까워졌으며 일 년 간 깊은 사이로 지내게 되었다. 그녀는 부부관계를 유지하기 위해 포기했던 자신의 인간적인 한 면을 인정받았다고 느꼈다. 베른트의 이해와 그녀에 대한 그의 사랑이 기본적인 소망실현에의 권리를 가져야 한다는 그녀의 생각에 지지를 보냈다. 남편과 긴 대화를 나누는 사이에 그가 비정상적인 것을 원한다는 인상을 받았다. 그녀의 소망은 정도를 벗어난 것이 아니고 자신의 소망을 실현시킬 수 없을 정도의 상황도 아니었다. 의견 충돌과 불화가 계속 되면서 명확한 판단력을 잃어버렸던 것이다. 이제야 비로소 그녀는 자신의 의사로 남편과 이혼할 수 있는 힘과 용기를 얻은 것이다.

베른트는 아이의 아버지가 되지는 않았지만 어쨌거나 그녀의 소망이 이루어질 수 없는 상황에서 벗어날 수 있게 해준 발판이었다. 그녀는 지금 뒤돌아보면 그때의 외도가 자기 자신에 대한 신뢰와 자신감의 표현이었으며 부부관계를 위해 지불된 배상금 역할을 한 그녀의 처절했던 소망에 대한 표현이었다고 했다.

어떤 종류의 관계라도 타협하기 위해서는 어느 정도의 희생이 필요하다. 한 사람 혹은 다른 사람의 개인적인 소망은 전체를 위해 포기되어져야 하는 것 같다. 그 소망이란 아주 중요한 종류의 욕구일 수 있으며 이 욕구는 한 개인의 전체 생활설계 중 나머지 부분에 여러 방면으로 광범위한 영향을 미친다. 물론 발판을 필요로 하는 데는 여러 가지 이유가 있다.

비르테(37살)는 13년 동안 지금의 남편과 첫 남편과의 사이에서 태어난 아들과 같이 살고 있다. 남자 친구와 그녀는 오래 전부터 아름다운 옛 시골집을 개축하는 일과 그로 인한 융자 문제에 전념하고 있었다. 그녀는 이 아름다운 집을 완성시키기 위해 옷가게에서 주당 30시간씩 일을 했다. 그녀는 원래 아이 아버지와의 이혼 이후 그녀의 인생에서 두 번째 이혼을 원하지 않았고 공동의 목표를 정한 가족 계획이 영원한 결속의 증표라고 생각했다. 그럼에도 불구하고 그녀는 오래 전부터 지금의 남편과의 관계에 불만이 생기기 시작했다. 그러나 남편을 그 상황에 직면하게 하거나 혹은 그와 헤어질 수 있다고 스스로 믿지 않았다. 왜냐하면 깊이 자리잡고 있는 감당할 수 없는 영원한 고독에 대한 공포심 때문이었다고 했다. 그녀에게 있어서 새로운 애인과의 만남이 그녀의 인생에 이전과 다른 상황을 가져다주지 않는다는 사실이 증명된 것이다. 그녀는 아직도 감히 이별을 위해 적극적인 발걸음을 내딛지 못하고 있다. 그러나 한편으로 과거에 그를 만날 때의 은밀하고 조심스러웠던 자신의 행동들이 점점 더 느슨해지고 소홀해지고 있음을 알게 되었다.

"미하엘은 이 연애 편지에 대해 불쾌하게 생각했어요. 편지를 신경 써서 안 보이게 잘 숨겼었어요. 저는 그렇게 용감한 사람이 아니에요. 제가 가지고 있는 불만에 대해서도, 연예관계에 대해서도 아무런 말을 하지 못했어요." 잠재되어 있던 갈등인 욕정이 화제의 대상이 될까봐 두려워하고 있었다. 그녀는 남편의 쏟아지는 설교 속에서 그의 분노를 느꼈다. "이 흔적을 안 보이게 잘 두었었는데 미하엘이 넘어지면서 발견하게 되었어요. 그가 나서기 전에 제가 상황에 직면해 버렸어요." 안네는 이 흔적이 없었더라면 이혼할 용기가 나지 않았을 것이라고 말했다. 아직도 미하엘은 그녀의 기만을 받아들일 수 없다고 한다.

인터뷰 파트너들의 연예와 외도에 대한 체험은 진정된 상황과 한 단계 더 나아간 상황으로 묘사되었다. 고독에 대한 두려움 때문에 이혼이란 말에 깜짝 놀라 물러서는 여자들의 경우 상황은 진정되었다. 수 년간 깊은 잠에 빠져 남편과의 관계에서 불화의 문제점을 알아차리지 못했던 여자들의 경우에는 백설공주의 입맞춤과 같은 결정적인 영향을 주었다. 이들은 이전의 관계에서 묻혀 있어야 했던 욕정을 만족시켜준 다른 남자와의 만남을 통해 무엇이 결핍되어 있는지 비로소 알게 되었다. 그리고 그들은 계속 이런 형태의 욕구 만족을 포기해야 하는지 아닌지를 깊이 생각해 보았던 것이다.

비르테가 말했다. "상상해 보세요. 당신이 수 년간 무엇인가를 기다려 왔는데 한 사람이 나타난 거예요. 이것이 바로 모든 것을 말해 주는 것이죠." 결단을 내려야 할 때가 온 것이다. 한 번은 이전의 관계를 위한 결정을 그리고 한 번은 이혼을 위한 결정을 내려야 한다.

분열의 과정이 무의식적으로 진행된 것이 아닐지라도 그리고 자신의 소망이 실현될 수 없고 주제넘으며 부당하다는 인상을 받아 스스로 포기할지라도 이 순간 새로운 경험을 통해 자신이 잘못 생각하고 있음이 분명해진다. 이제 그녀는 손해보는 관계에 계속 머물러 있을 것인지 아니면 새로운 불확실한 상황 속으로 과감하게 뛰어 들어갈 것인지를 결정해야만 한다.

직접적이지는 않지만 부부의 인연을 끝내기 위해, 아마도 중요했을 첫 관계를 벗어나 많은 여자들이 다른 남자와의 만남을 시작했다. 이런 시작은 거의 속수무책의 상황에서 비롯된 결과이다. 첫 인연이 마지막 인연일 수 없다는 입장에 있더라도 모든 여자들에게 있어서 첫 만남은 아주 중요하다. 몇몇 여자들은 이 첫 만남을 끝내기 위해 다른 남자와의 사랑에 몰두하기도 한다.

이는 대부분 청소년들에게서 찾아볼 수 있는 행동이며 경우에 따라서는 양심의 가책과 혼란스러움에 시달리기도 하지만 훗날 넓은 관대함을 가지고 자기 자신에 대해 숙고하게 될 것이다.

"저는 16살 때 생일 파티에서 첫 남자를 만난 후 그와 열정적으로 불장난 같은 연예를 했어요. 점점 이 소년과 열렬히 사랑을 나누게 되었고, 한편으로는 심한 양심의 가책이 저를 힘들게 했어요. 제 생각에는 그 남자 친구는 믿을 수 없을 만큼 저에게 충실했었고 저도 덩달아 그에게 그런 척 했었어요. 제 자신이 아주 야비하게 느껴졌고 결국 그에게 상처를 주었어요. 글쎄요, 지금 생각해보면 첫 남자와 결혼하고 싶지 않은 마음은 당연한 것 같아요. 그 당시에는 모든 것이 달라 보였어요. 무미건조하게 보인 것이죠."

에버리는 머리를 썼다. 20살 때 더 많은 만남을 위한 더 많은 남자 친구와의 기회를 포기하지 않고 기꺼이 그녀의 첫 남자 친구를 속였다. 이러한 사춘기 이후의 만남과 혼란스러움에 대해 거의 모든 여자들이 한마디씩은 한다. 부부의 인연과 혹은 오랜 기간 동안 지속된 동거 관계를 끝내기 위한 발판으로써의 연예사건은 단지 몇몇 여자들만이 시도하며 어린 시절에서보다는 나이가 들수록 더 비극적인 결과를 초래한다.

　예를 들어 비르테는 매번 애인을 만난 후에 죄책감으로 괴로워했다. 결국 그녀는 이혼을 선택했지만 오랫동안 자신의 선택에 대해 후회했다. 고독에 대한 공포와 끊임없이 싸워야 했기 때문이다. 그녀는 다음과 같이 말하였다. "언젠가 짜라투스트라의 잠언에서 읽었어요. '그래, 나는 결혼을 해야 한다네. 하지만 우선 결혼을 파괴해야 되네!' 그리고 저는 갑자기 알게 되었어요. 내가 무슨 짓을 했는지."

복수는 달콤하다

　"68년에 한동안 그랬던 것처럼 저에게도 섹스에 몰두했었던 질
풍노도의 시기가 있었어요. 그때를 생각해보면, 세상에, 너무나 힘
들었던 것 같아요. '한 사람과 두 번 섹스를 하면 유명 인사가 된
다.' 라는 말이 강요되었죠. 물론 오늘날에는 다르죠. 저는 원래 라
이너와 깊이 사랑에 빠졌어요. 그와 함께 있는 은밀한 시간이 너무
나 행복했어요. 그도 저와 같을 것이라고 믿었는데 믿고 싶지 않은
상황이 벌어졌어요. 어느 한 파티에서 다른 여자와 입맞추고 있는
그를 보았을 때 질투심과 고통 때문에 미칠 것 같았어요. 그 곳에
있던 저와 친하게 지내는 사람들 중 어느 누구에게도 말할 수 없었

어요. 취할 때까지 술을 마셨는데 다음엔 닥치는 대로 목구멍에 쏟아 부을 정도로 마셨어요. 그렇다고 해서 그 당시 힘든 상황이 계속된 것은 아니었어요. 나를 위해서라면 뭐든지 할 수 있었어요. 저는 '그가 할 수 있는 것이라면 나도 할 수 있다.' 라고 생각했어요."

사람들은 이러한 힐투루드의 경우에 대해 절망에 의한 혹은 위로를 찾기 위한 외도라고 말한다. 어쨌든 대단히 직접적인 반응으로 눈에는 눈, 이에는 이라는 좌우명에 따라 자신을 끊임없이 속여온 파트너에게 복수를 했다. 에벌린은 지금 39살이며 4살 난 딸을 둔 엄마이다. 교육기관을 하나 운영하고 있다.

다음은 그녀가 22살과 23살 사이 학생 시절에 있었던 일을 설명한 것이다.

"크리스티안은 잘생긴 외모에 성공과 미래가 보장된 의사였어요. 많은 여자들이 그에게 다가왔고 그는 대부분의 경우 No라고 말하지 못했어요. 주말마다 만나야 하는 힘든 상황이 생겼는데 저는 그의 바람기를 통제할 수 없었고 그가 바람피운다는 사실은 알고 있었어요. 온갖 생각이 저의 상상력에 집중되어 있었어요. 어느 축제에서 남편이 바람피운다는 사실이 완전히 명백해졌을 때 이러한 생각이 들더군요. '왜 나만 정조를 지켜야 하지? 나도 그럴 수 있어'."

시간이 지남에 따라 속는 역할에 너무나 익숙해져서 다른 관점에서 상황을 관찰해 보기 위해 외부로부터의 자극이 필요하게 되었다. 에벌린이 가장 놀랐던 것은 그 당시 남자 친구가 그 일에 대해 너무나 감상적으로만 반응을 보이고 자신의 외도에 대해 언제나 항상 무언가 〈아주 다른 것〉이라고 생각하고 있었다는 점이었다(이에 대해 뒷장에서 좀더 자세히 다루기로 한다). 복수가 지닌 질적인 특성은 각기 다르게 평가된다. 어떤 여자의 경우에는 개운치 않은 뒷맛으로 기억되며 또 어떤 여자의 경우에는 파트너의 외도로 상처받은 자기 가치에 대한 생각을 새롭게 다시 빛낼 수 있는 계기가 된다. 또한 자신의 욕구 충족을 파트너의 외도를 이용하여 만족시키는 놀라운 경우도 있다. 그녀의 입장에서 보면 속이고자 하는 생각으로 행동한 것은 아니다.

남편의 외도는 복수를 위한 필연적인 정사의 이유가 되지는 않는다. 부당함과 고통 때문에 외도로써 복수를 하는 경우도 있다.

도르테(27살)는 양성애자이고, 아이는 없으며 기계제도사이고 자신의 직업이 만족스럽지 않아 어떤 직업이 자신에게 맞는지 찾고 있었다. 그녀의 남편은 그녀에게 항상 달라붙어 있다시피 했으며 그녀의 모든 행동거지를 통제했다. 그녀는 끊임없이 관찰되는 기분이 들었고 통제당하며 평가되었다. 곧 그녀는 그의 행동반경에서 벗어나 족쇄에서 벗어나는 모든 기회를 포착하였다. 게다가 다른 남자 혹은 여자와 성관계를 맺었다. 이렇게 사춘기적인 행동은 내적으로 만족감을 느끼게 했다. 그러나 왜 그렇게 해야만 할까? 도르테는 남편과 헤어지고 싶지는 않았다. 그와의 관계 개선을 위해 그리고 다시는 활동의 자유 없이 숨막히는 생활을 하지 않기 위해 전력을 다해 노력하고자 했다. 남편과의 장시간의 대화를 통해 그의 방식이 자신을 압박하여 어떠한 영향을 주는지 그에게 설명하고자 시도도 했다. 그러나 상황은 변하지 않는 것 같았다.

남편으로부터 벗어나 출장중일 때 그의 간섭에서 벗어나 자유롭게 행동할 때 복수의 감정과 동시에 내적 만족감을 느낀다고 세타는 고백했다. 그녀의 주인이 그녀 자신임을 다시 느끼게 되며 마음에 걸리기는 하지만 다시 새로운 복수의 감정이 솟아난다고 했다. 왜냐하면 그렇게 해도 남편이 침울해 하지도 않을 것이며, 자유를 위해 어떠한 서류도 필요하지 않을 것이며, 그렇게 양심의 가책을 느낄 필요도 없었을 것이기 때문이었다. 고통과 복수의 악순환인 것이다.

너무 깊이 자리잡고 있는 분노 역시 여자들의 외도를 자극한다. 질켄은 아버지로부터 정신적인 학대를 받았다. 그녀의 첫 남편은 기품 있는 기사를 찾았다는 그녀의 희망에 부담을 느꼈다. 그가 그녀의 기대에 못 미치자 실망과 좌절의 고통 때문에 그에게 복수하려고 마음을 먹었다. 이는 과거의 상황이 투사된 복수이다. 그녀의 아버지가 관계되어 있다. 아버지와 관련된 감정이 그녀의 높은 기대를 실현시켜줄 수 없었던 남편에게 영향을 미쳤다. 그녀는 자신의 외도를 물어뜯기는 듯한 고통을 주는 실망으로부터 벗어나기 위한 출구라고 했다. 어차피 어떤 남자도 자신의 기대를 만족시켜줄 수 없다는 결론을 내렸다. 그래서 그녀는 가능한 많은 남자를 만났다.

리디아스(42살)는 복수하려는 의도에서 여러 남자와 성관계를 가졌는데 점차 그 동기가 더 복잡해졌다. 그녀는 결혼했지만 콜걸로 몇몇 고정고객이 있었다. 남편은 직업상 밖에서 지낼 때가 많았기 때문에 정해진 스케줄에 따라 행할 수 있었다. 이러한 돈벌이의 방법과 복수를 하려는 욕구가 어떤 관계가 있는지 의문이 제기된다. 리디아는 다음과 같이 설명했다. "저는 남편에게 돌아다니며 곁눈질하지 말라고 끊임없이 간청했어요. 좀더 남편이 제 곁에 있었으면 했죠. 그런데 남편은 항상 저와 거리를 두었고 자신의 자유를 만끽하기 위해 웬만하면 결혼한 사실을 숨겼어요. 저의 요구를 진지하게 받아들이지 않았죠. 좌절감에 빠져 있을 때 어느 한 노신사가 저에게 정식으로 구애를 했었는데 당시에는 그의 구애에 관심이 없었어요. 그런데 갑자기 그 노신사가 생각나면서 결혼을 했음에도 불구하고 독신처럼 살고 싶어하는 남편처럼 나도 이중의 삶을 살 수 있겠다는 생각이 들더군요. 저도 한편으로는 아내이지만 한편으로는 누군가의 정부가 되었어요. 이러한 생활의 범위는 점점 더 확대되었어요. 어느 날 그 잘난 돈 때문에 남편과 싸웠는데 뼈빠지게 번 돈을 헤프게 써댄다고 저를 비난하더군요." 그녀의 남편이 리디아가 쓰는 돈 때문에 자신의 자유를 누릴 여유가 없다고 하자 그녀의 분노는 갈 때까지 가게 되었다. "남편이 집에 있을 때 그를 위해 같이 있고 싶지 않았기 때문에 계속 집안일을 했는데 남편은 제가 옆에 있기를 바랬어요. 그는 제가 일을 할 때나 쉴 때 저에게 매달려 있는 척 하더군요. 그런데 저는 어떻게 하면 제 일을 다시 할 수 있을까 생각했고 남편은 다시 자신의 욕구를 충족시키기 위해 밖으로 나돌기 시작했죠. 남편이 여행에 다른 여자를 동반했을 때 저는 엄청난 충격을 받았어요. 얼마나 오랫동안 그리고 몇 명이나 되는 여자와 그랬는지 더 이상 알고 싶지 않았어요. 저는 모든 주변환경이 허락하는 한 자신의 욕구를 만족시키는 이기적인 남편에 대한 분노에 사로잡혔어요. 그리고 이러한 남자들의 자기중심적 사고를 이용하자는 생각이 들었어요."

근본적으로 리디아는 여러 면에서 〈남자들〉에게 복수를 한 것이다. 그녀는 자신이 처해 있는 상황을 아주 잘 이용했으며 자기 자신만을 위해 돈을 썼다. 이중생활을 함으로써 그녀는 특별하고도 독특한 방식으로 남편과 동등하다고 생각하고 있었다.

반다는 몇 년이 지난 후 그 사건의 후유증을 극복했을 때 비로소 자신의 행동이 복수의 감정에 기인하고 있음을 알았다. 반다의 남편은 그녀에게 사랑을 맹세했으며 다른 여자에 대한 관심을 쉽지는 않았지만 줄였으며 다른 여자와 성적 관계에 빠지지도 않았다. 그는 그녀 옆에서 꾸준히 자신의 신뢰를 보여주었다.

어느 날 회사축제 때 그녀는 상사로부터 성관계를 강요받았다. 목까지 차오른 그녀의 분노가 점점 쌓여가자 반다는 오히려 그녀의 상사와 공격적인 성관계를 가지기 시작함으로써 충격을 견디어 갔다. 당연히 남편에게는 절대 비밀이었다. 그녀는 어떠한 감정도 개입시키지 않았으며 그녀의 상사가 그녀에게 푹 빠졌을 쯤에 그와의 관계를 끝냈다. 그녀는 그를 그렇게 버렸다. 그녀의 상사는 무지막지하게 모욕을 당한 기분이 들었다. 반다는 자신과 외도를 함으로써 아내를 속이고 자신에게 성관계를 강요했던 그 상사를 더욱더 혐오하게 되었다. 이러한 방법으로 상사에 대한 자신의 불리했던 힘의 균형을 획득한 것이다. 그녀의 남편은 반 년 간이나 지속되었던 그러한 관계를 알게 되었고 그 동안 아무것도 눈치채지 못한 사실에 경악했다. 반다는 그 상사에게 그가 지닌 이기주의와 자신을 무시했던 대가를 치르게 했으며, 다른 한편으로는 그의 우월주의적인 행동의 대가를 치르게 한 것이다. 물론 그녀 자신도 값비싼 대가를 치뤄야 했다.

　여기서 복수를 감행한 모든 사례와 내용이 언급된 것은 아니다. 왜 여자는 복수의 방법으로 외도를 선택하는지 많은 이유들이 있다. 물론 사람들은 복수를 항상 달콤하다고 생각하지 않는다. 당사자들은 그런 행동을 함으로써 때로는 불행한 일로 고통을 겪어야만 하며 복수는 달콤한 맛과 씁쓸한 맛을 동시에 가지고 있음을 알고 있었다. 복수에 의한 외도는 우선 자신의 육체와 원래 소망했던 자신의 욕구에 대한 배반이다. 복수의 대상은 원래 다른 사람이었지만 결국 자신의 육체는 목적을 위한 수단이 되어버린 것이다. 본인들은 복수의 감정에 의한 외도가 자신과 육체에 대한 스스로 준비한 학대임을 느끼고 있었다. 그럼에도 다른 방법으로 실현될 수 없는 분노의 감정을 분출해내기 위한 출구였던 것이다.

나의 남자, 나의 친구

오지랖이 넓고 많은 사람들이 신뢰하는 사람, 그가 소위 〈이웃 사촌〉이라고 불린다. 그는 신경 쓰이지 않는 무성성 때문에 특별대우를 받으며 집안에 좋지 않은 일이 있을 때나, 좋은 일이 있을 때나 언제나 가족의 일원으로 받아들여질 준비가 되어 있는 사람이다. 아내가 이미 오랫동안 알고 지낸 친한 친구로서, 남편이 그의 친구나 신뢰하는 직장 동료들과의 관계를 당연한 듯이 아내와의 사이에까지 확장시키거나, 혹은 아내와 남편 두 사람이 공동의 친구로서 새로운 관계를 인정하든 안 하든 그리 신경 쓰이지 않는다. 그는 부부관계나 아이들의 교육문제로 어려움이 생겼을 때 그 어떠한 형태로든 경쟁자의 입장을 취하지 않고 중립적인 입장에서 양편을 대변하여 자신의 귀를 빌려주는 특히 정신적으로 친한 친구이다. 이러한 부류의 〈이웃 사촌〉은 그들 중 대부분이 많은 사람들에게 의심받지 않는 친숙한 존재이다. 그러나 인터뷰를 통해 알게 된 사실은 이러한 〈이웃 사촌〉이 완전히 다른 연관성을 가지고 언급되었다. 남편이나 오랫동안 같이 동거해 온 파트너 그리고 집에서 같이 살고 있는 동반자가 바로 그 〈이웃 사촌〉이었다. 그는 매너 있는 훌륭한 태도로 자신의 신뢰와 충성심을 높게 평가받았으며 한편으로는 섹스 파트너로서의 역할마저도 넘겨받았다. 이러한 역할 분담에 대해 인터뷰 중 여러 번 그리고 여러 형태로 많은 이야기를 듣게 되었다. 안네(52살로 자립심이 강하다. 첫 장에서 이미 언급된 바 있다), 그녀의 일생에서 17년간 유일하게 오직 한 사람이 그녀의 정부였다. 그녀는 한 번 결혼했었고 이혼 후에도 첫 남편과 계속 8년간 관계를 유지하였다. 그렇다면 다음과 같이 묻고 싶다. 그녀는 왜 정부와의 관계를 부부 관계로 발전시키지 않았을까? 여기 그 답이 있다.

"단순히 그것에 관한 말이 결코 아니에요. 우리는 함께 환상적인 성생활을 지속해 갔고 서로 그것을 무지무지하게 즐겼어요. 부인할 수 없는 사실이에요. 물론 우리는 긴 연애관계에서는 항상 다른 사람의 일상에서보다는 상당히 적지 않은 부분이 다르다는 것을 알고 있었어요. 한 사람의 인생에서 일어난 사건은 결코 다른 사람의 인생에 영향을 주지 않는다고 믿었어요. 우리는 서로에게 귀를 기울였지만 이러한 관계 때문에 스트레스를 받았을 때 저는 이러한 관계를 계속 유지해야 하는지 아니면 말아야 하는지에 대한 결정을 내리려고 했을 때에 코르넬리우스와 저에게 도움이 될 만한 말은 아무것도 없었어요. 뿐만 아니라 저와 막 같이 잠자리를 했던 첫 남편에게 그러한 나의 갈등을 알려야 할 것 같은 생각이 순간 들었어요. 많은 사람들이 이상하게 생각한다는 것을 알아요. 이러한 관계를 언젠가는 끝내야만 하고 누군가에게 이야기해야만 했어요. 그래도 제 인생에 있어서 정말 아름다웠던 — 물론 언제까지나 비밀인 — 부분이었어요."

안네는 그녀의 인생에서 잠시 동안 남자를 제외시키기로 결정한 시점에서 오랫동안 지속되었던 관계를 끊었다. 그후 그녀는 한동안 남자 없이 혼자 살았으며 코르넬리우스의 유감스런 표명에도 불구하고 그와 헤어졌다. 몇 년 후 그녀는 다른 남자를 만났다. 그 사이에 결혼한 코르넬리우스와는 지금도 가끔 만나지만 순전히 정신적인 교류만 있는 관계이다.

율리아(39살, 사회교육학분야에서 일하고 있다)는 두 딸과 남편과 함께 살고 있다. 그들은 학창 시절 때부터 알고 지냈으며 깊은 신뢰를 바탕으로 맺어진 부부이었다. 그녀는 남편을 아이들의 아버지로서 존중했으며 친구로서 그리고 파트너로서 존중했다. 남편은 소위 그녀의 영혼을 위해 존재하는 심오한 전문가였으며 그녀의 입장에서도 남편을 빼놓고는 아무런 생각을 할 수 없었다. 그런데 남편의 관대함은 그녀의 정부로 인해 경악을 금치 못하게 되었다. 그 정부는 오래 전부터 잘 알고 친하게 지내던 사람이었다. 남편은 율리아가 그 정부라면 사족을 못 쓰고 기회가 주어지는 대로 그와 잠자리를 같이하고 있는 사실을 알고 있었다. 그런데 그런 기회가 아주 드물게 되었다. 그녀의 정부가 1000km나 멀리 이사했기 때문이었다. 그러나 그가 직업상 혹은 사적인 이유에서 그녀 근처에 오면 그녀는 그와의 만남을 준비했다. 그녀의 남편은 그러한 사실을 알고 있었지만 자세하게는 알고 싶어하지 않았다. 남편은 아직 그녀와 이별을 할 준비가 되어 있지 않았다. 그녀가 그녀의 정부와 함께 여행을 다녀온 후 남편의 관대함은 한계에 이르렀다. 그리고 만남은 다시 반복되지 않았다.

"저는 남편이 고통받는 것을 원치 않아요. 더욱이 아이들에게 그로 인해 불이익이 있어서도 안 되고요. 그건 저에게 절대적으로 중요해요. 저와 페터와의 관계는 아이들과는 아무런 상관 없는 일이에요. 오로지 저의 문제예요. 제가 페터와 멀리 떠나 있었던 것이 남편에게 고통을 준 것이에요. 앞으로 다시는 페터와 함께 있지 못하겠죠. 대가는 컸지만 만일 페터를 다시 만나고 그리고 그와 함께 잠자리를 한다면 행복할 거예요. 저는 그가 아주 섹시하다고 생각해요. 남편과 잠자리를 같이 하지만 아주 가끔 있는 일이고 뭔가 아주 다른 느낌이에요. 따뜻하고 신뢰감이 깃들여 있는 잠자리이긴 해요. 반면에 페터와는 열정적이었고 좀더 자극적이었어요."

센타(37살)는 친구이자 애인인 관계를 다시 시작했다. 그녀는 원숙하고 매력적이며 큰 도시의 중심가에서 친구들로부터 감수성이 풍부하며 심미안을 가진 사람이라는 평가를 받는 남자와 같이 살고 있다. 자신의 직업에 매우 적극적이며 만족스런 생활을 하고 있다. 그녀가 첫 남자와의 만남 때 가졌던 생각들, 즉 남편과 두 아이, 집 그리고 노후를 준비하기 위한 직장에 관한 생각들은 당시 그와의 관계에서 겪었던 상황 때문에 시간이 지날수록 바뀌어 갔다. 센타는 사실 결혼을 했었던 것이다. 남편과의 잠자리는 한 번도 만족스러운 적이 없었다. 그 당시 섹스에 대한 무관심은 남편으로부터 기인한 것이었다. 결혼 후 1년간 그 문제에 대해 정말 회의적인 생각이 들었었다. 그녀는 원인과 문제 극복을 위해 이리저리 생각도 많이 해보았고 계획도 세웠다. 그 문제에 대해 남편과 대화를 해보려고 했으며 그에게 부부문제 상담소와 성문제 상담소에 같이 갈 것

을 권유해 보았으며 스스로 무엇이 문제인지 자문도 해보았지만 결
국 남편의 폐쇄성에 대하여 포기하고 말았다.

"토비아스에게는 무언가 좀 이상한 점이 있었어요. 섹스와 관련
된 모든 것은 그에게 아무런 감흥을 주지 않았어요. 한 번도 결코
질투심을 나타낸 적이 없었고 의심을 한다거나 하는 모습을 보인
적이 없었어요. 그는 언제나 아주 가끔 갖는 우리의 억제된 성생활
에 대해 말하고 싶어하지도 않았으며, 우리가 아직도 결혼 상태에
있는 것에 만족스런 것처럼 보였는데 이러한 그의 모습에서 더 이
상 아무 일도 일어나지도 않을 것이며 영원히 그럴 것이라는 생각
을 하고 있다는 인상을 받았어요. 저는 말문이 막혔고 속수무책으
로 어떻게 해야 할지를 모르겠더군요. 우리 두 사람은 직장에 얽매
어 있었는데 이 때문에 우리는 점점 더 서로 각자의 생활권에서 표
류하고 있었죠. 둘이서 한 번도 휴가를 떠나 본 적이 없었어요.
저는 새로운 동료와 공동의 프로젝트를 시작하게 되었는데 남편
보다 그와 함께 생각하고 느끼는 시간이 더 많았어요. 이러한 상황
이 계속되었고 점점 더 사적으로 변해갔어요. 저의 남편은 감정을
결코 표현하지 않는 사람이었어요. 동료에서 발전된 친밀한 관계는
저에게 점점 더 중요한 의미를 갖게 되었어요. 남편은 직업상 오랫
동안 집을 비웠고 가끔은 외국으로 출장도 갔었는데 저는 아무런

불만이 없었어요. 저에게는 직업이 있고, 친구들과 취미생활도 있었으며 문화생활에도 관심이 많았어요. 아이가 없었기 때문에 특별히 얽매일 것도 없었어요. 그 때문에 사실 저는 의도적으로 지금까지 아이를 갖지 않았던 거예요. 아이를 돌봐야 하는 일 때문에 집에 묶여있고 싶지 않았어요.

저의 동료도 결혼을 했고 우리는 서로에게 각자 행복한 결혼생활을 하고 있다고 단언하곤 했었는데 출장 때 첫 성관계를 갖게 되었어요. 그와의 격렬했던 성관계를 통해 남편으로 인해 모든 것들이 저에게 부당하게 주어지지 않았다는 것이 분명해지더군요. 그렇게 한동안 남편이 어느 정도 눈치를 챌 때까지 우리의 관계가 지속되었어요. 남편은 좌절했고 한동안 다른 곳으로 거처를 옮겼는데 그럴 때조차도 남편이 아닌 여자 친구와 저희 부부문제를 상의해야 했어요. 그는 다시 돌아왔고 모든 것은 처음부터 다시 시작되었어요. 지금까지 그 어떤 것에 대해서도 우리 부부 사이의 중심주제로 상의해 본 적이 없어요. 하지만 언젠가는 남편이 저의 외도가 우리 부부의 성생활과 관련이 있었다는 사실을 알게 되리라고 믿어요. 남편이 그 문제에 대해 이야기하고 싶어하지 않기 때문에 우리는 아무것도 공동으로 극복하고 견디어 나갈 수 없었어요. 그 당시 우리의 결혼생활은 깨어질 위기에 있었고 저는 완전히 혼란에 빠져 있었어요."

센타의 부부관계에 있어서 속수무책의 상황은 전혀 변하지 않았다. 그녀는 슬픔과 고뇌의 단계를 거친 후 남편과 계속 살기로 결정했다. 왜냐하면 그녀는 자신의 부부문제도 인생을 살아가는 데에 있어서 일어날 수 있는 많은 문제들 중의 하나라고 생각했기 때문이었다. 옷, 가구, 음식에 대한 취향의 문제가 그러한 것처럼 그리고 문화, 정치, 여행에 대한 견해들 또한 그러한 것처럼. 만일 이러한 모든 문제들에 대해 함께 보조를 맞추어 해결해 간다면 여러 영역에서 조화로움을 느끼게 될 것이다. 센타는 자신이 문제해결을 위해 함께 공감할 수 있는 다른 남자를 그리워하게 되리라는 것을 알고 있었다.

센타는 그 후 일년이 지나서 새로이 다른 남자와 성관계를 가졌다. 그러나 이번에는 자신의 생활방식에서 벗어나지 않았고 서로의 생각을 교환했으며 성적 체험도 중요한 한 부분이었다. 센타와 그녀의 남편은 섬세하고 고상한 사람들이지만 그녀의 정부는 노련하고 저돌적인 〈병사〉타입의 사람이었다. 센타에게 있어서 이런 타입의 남자와 함께하는 일상이란 상상할 수도 없는 일이었다.

"성생활이 우리 결혼생활의 시작은 아니었으며 결혼을 하게 된 이유는 더욱이 아니었어요. 때때로 섹스는 정말 고통스러운 주제이며 저희 부부 사이에서는 더욱이 금기시되는 주제예요. 계속 말을 하다보니 육체적인 만족에 대해서만 계속 더 이야기하게 될까봐 두

렵군요. 남편과 저의 결합에는 항상 정신적인 면이 우선이에요. 단지 다른 사람들이 그런 것처럼 우리도 육체적인 면에서도 발전이 있기를 희망하고 있는 거예요. 결코 이루어지지 않겠지만요."

센타는 받아들이는 것을 배웠다. 그녀는 포기한다는 의미로 생각하지 않았으며 오히려 남편 곁에 머물기로 한 것은 그녀 자신의 결정이었고 자신의 결정에 대해 자신감을 보였다. 만일 그녀에게 육체적 만족이 결여되었다면 그로 인해 괴로워했을 것이며 자신이 처한 힘든 상황에서 자신의 의지로는 빠져 나오기 힘들었을 것임을 그녀 자신도 잘 알고 있었다. 그녀는 어떠한 경우에도 다른 남자와 섹스를 즐기는 일을 처음부터 배제하지 않았다. 그러나 그녀는 섹스와의 타협이 부부관계의 기초가 된다고 더 이상 믿지 않고 있으며 남편과 함께 나눌 수 있는 공동의 영역을 믿으며, 이 영역은 그 어떤 것보다도 우위에 있음을 믿고 있었다. 그녀는 이제 육체적인 만족 때문에 남편과의 결혼생활을 더 이상 위험에 빠뜨리지 않을 것이다.

위의 세 가지 선례를 통해 실제로 친한 친구는 남편도 잘 알고 지내는 주변 사람들 중에 있을 수 있다는 것을 보여준다. 친한 친구와 내가 믿는 사람은 집안에 있고, 정부는 집 밖에 있다.

텔레파시

Die spirituelle Beziehung

우리 사회에서 남자들에게만 주어진 영역을 단순히 표현했음에도 불구하고 여자들이 당신의 생각과는 달리 스스럼없고 주저하지 않는 것처럼 보였다면 한계에 이른 당신의 관대함을 회복시키기 위해 외도에 관한 다른 고백의 모델을 제시해 본다. 그러나 당신이 초자연적인 것을 믿지 않는다면 다음의 이야기는 당신을 괴롭히게 될 것 같다.

마리온(44살)은 아이가 3명이었고 자립심이 강했다. 그녀의 인생관은 어떠한 만남에도 우연은 없으며 저 높은 곳에서 결정한다는 믿음에서 출발하고 있으며 항상 일부일처제가 바로 그러한 만남이라고 여기고 있었다. 아이들이 아주 어렸을 때 그녀는 행복한 아내와 어머니에 대한 자화상을 완성했다.

이는 거의 영화에서나 등장하는 한 장면처럼 감상적으로 들리겠지만 실제로 있는 일이다. 마리온은 일상에서 일어날 수 있는 어떠한 압박감도 느끼지 않고 지냈지만 어느 날 자신의 의지와는 상관없이 한 학회에 참석해야만 했다.

"제가 그 곳에 도착했을 때 이미 누군가가 저를 마중 나와 있었어요. 말이 필요 없는 신체 징후들이 저에게 나타났는데 왜 그런지 알 수는 없었지만 갑자기 심장이 뛰고 진땀이 났으며 어디론가 빨리 달아나고 싶더군요. 첫째 날이 지나면서 돌아갈까 말까 심사숙고해야 할 정도였어요. 그는 꾸준히 저와 관계를 맺으려고 시도했었고 결국 그는 저의 호텔 방문 앞에 서 있었어요. 그에게 저의 결혼 반지를 보여 주었지만 그와의 관계는 그 후 지난 10년간 계속 되었어요. 저는 이 남자를 제 인생에 있어서 소중한 사랑으로 생각하고 있어요. 제 자신에 대한 조심성을 잃지 않으면서 어떻게 가정에 대한 의무를 벗어날 수 있었는지 저도 잘 모르겠어요. 아이들 중 한 아이는 지속적인 보살핌을 필요로 했어요. 일생 동안 남편과 함께 해야 하는 공동의 과제였죠. 남편은 이러한 상황을 힘들게 견디고 있었어요. 저는 그의 매력에 저항할 수 없었어요. 값싼 변명처럼 들리겠지만 그렇지 않아요. 무언가 다른 그 무엇이 관련되어 있었어요. 제가 그에 대해 생각할 이유가 있을 때 그는 소식을 전해 왔고, 지금까지도 그래요. 제 생활에서 무언가 중요한 일이 생기면 그는 항상 전화를 하거나 편지를 보내거나 심지어 어떤 때에는 현관 앞에 서 있기도 했어요."

마리온은 이 남자에 대한 그녀의 강렬한 감정을 잔잔하게 설명해 갔다. 남편과의 일상생활에서는 있을 수 없는 일이며 그런 감정은 평범한 일상생활에서는 다르게 연결되어 그 대가를 치르게 된다고 했다. 그녀의 남편과 3명의 아이들 그리고 그녀를 만난 직후 결혼을 한 그 남자의 부인, 그 누구도 고통을 받아서는 안 된다고도 했다. 그녀는 그 남자와의 관계를 모순이 없는 조화로운 관계라고 여겼기 때문에 지금 현세의 삶에서보다 훨씬 더 오래 전부터 그와의 관계가 시작되었다는 생각을 하고 있었다. 게다가 그녀는 오랫동안 그와 성관계를 해왔지만 그의 곁에서 흥분과 짜릿함을 느껴보기 위해 그랬던 적은 한 번도 없었다고 말했다.

"제 생각에 사랑에는 여러 얼굴이 있어요." 안네는 외부상황에 의해 가해지는 단순한 현실적 압박에도 관계를 유지할 수 없기 때문에 자신의 인생에 있어서 아무리 위대한 사랑일지라도 짧은 만남으로 끝날 수밖에 없다고 믿고 있었다. "이제 어떤 남자도 저를 다시 깊이 감동시키거나 그 사람처럼 저를 사로잡을 수 없다고 생각해요. 만일 제가 이성적으로 생각해서 그와 헤어질 결심을 하게 되는 순간을 생각해보면 그럴 때마다 심장에서 피가 솟구치는 것 같아요. 오늘이라도 우연히 그를 만나게 된다면 이전에 느꼈던 뭐라고 설명할 수 없는 그런 감정들이 되살아날 거라고 믿어요."

여자들은 이러한 종류의 사랑을 잘 극복하는 것처럼 보인다. 어디서 시작되었는지 무엇으로 인해 지속되었는지 어느 누구도 설명할 수 없다. 소위 만남에서 지속적인 관계로 이어지기 위한 작업도 상관이 없다. 언쟁, 화해 혹은 발전 과정에 대해 아무도 말하지 않는다. 이러한 사랑은 갑자기 엄습해 와서는 쉽게 그들을 사로잡는 것 같다.

"저는 단지 그의 목소리를 들었을 뿐이에요. 그 곳에는 아주 많은 사람들이 있었어요. 저는 전율을 느꼈고 심장이 두근거렸어요. 그 이유를 저 자신에게 물었죠. 그리고 주위를 돌아보았을 때 그는 솔직히 제 타입은 아니었어요. 확실히 제 취향의 기준으로 보면 그는 저와는 다른 계층의 사람이었으며 저보다 나이는 더 많았고 그저 그런 정도의 매력이 있었어요."

그럼에도 불구하고 반다는 그와 깊은 사랑에 빠졌고 그가 너무 멀리 살고 있었기 때문에 1년 반 정도 그와 사귀었다. 그녀는 남편과 이혼에 이르는 대가를 치렀다. 이러한 관계유지는 특히 현실적인 일들 때문에 대부분 실패로 끝나지만 반다는 그와 가정을 이루고 싶어했다. 그는 가족과 헤어진 후유증을 극복했지만 새 가정을 꾸려 나갈 준비가 되어 있지 않았다. 두 사람의 사랑은 깊었고 반다는 그의 입장을 받아들일 수 없었기 때문에 그와의 결혼을 추진했다. 그는 그녀의 커다란 사랑으로 가족과 헤어진 고통에서 벗어날 수 있었다. 지금 반다는 그와의 사이에 아이를 낳고 살고 있다.

위대한 사랑이든 첫눈에 반한 사랑이든 모두 비장하고 엄숙하게 느껴지며 유치함과 저속함, 비극이나 장밋빛 구름이라는 양면성이 있었다. 수준 높은 문학 작품에서나 멜로 드라마에서 우리는 이 책에 나오는 다양한 삶의 현실을 볼 수 있다. 그러나 실제로 두 사람 사이의 정신적 일치감이 그 위대한 감정 이면에 존재하는 것일까? 아마 확실하게 아는 사람은 없을 것이다.

이 장에 쓰여진 이야기들 중 어떠한 이야기도 어떤 여자가 누군 가와 사귄다거나 의도적으로 그들 관계의 부족함을 보충하고 싶어 한다는 내용은 없다. 상처 입은 자아의식을 되찾아야만 하고, 복수 를 다짐하고, 어떤 남자의 뿌리칠 수 없을 정도의 매력적인 구애에 굴복했다던가 하는 이야기도 없다. 아마도 한 단계 뛰어넘은 수준 높은 복수의 한 종류일까?

이 장에서 다루어진 이야기들을 통해 자신도 알 수 없는 격정, 종 종 극복할 수 없을 정도인 현실적 장애들 그리고 일상생활의 다양 함에 대해 다시 한 번 생각해 본다.

결혼에 얽매이기 전에

Bevor es ernst wird

　결혼 전날 총각파티를 하는 젊은이들이 거리와 술집을 돌아다니며 노래하고 떠들며 몰려다니는 것을 본 적이 있을 것이다. 마치 앞으로 다시는 그렇게 놀 기회가 없는 사람처럼 결혼 전날 신나게 노는 것이다. 이 파티의 절정은 친구들이 아직 총각인 예비신랑에게 여자를 선물하는 것인데 한 여자나 여러 명의 여자들을 돈을 지불하고 데려오는 것이다. 돈을 얼마나 내느냐에 따라 여자들이 춤추거나 스트립쇼를 하거나 심지어 신랑과 자는 일도 있다. 이 파티에 참석하는 친구들은 지나가는 여자들에게 자신들의 흰 셔츠에 전화번호를 적어달라고 하고 키스도 하는데 누가 가장 많은 전화번호를 받는지 시합도 한다. 친구들은 때로는 장난기를 발휘해서 마분지로 커다란 케이크를 만들어 그 안에 댄서를 숨겨 놓았다가 뛰어나오게 만들고, 돈을 받은 댄서는 스트립쇼를 한다. 때로는 이제 곧 결혼에 얽매이게 될 신랑은 콜걸을 선물 받기도 한다. 결혼생활에서는 고려해야 할 모든 것으로부터 벗어나 아무 구속 없이 방탕한 축제를 벌이는 것이다.

요즘엔 이 관습이 여자들에게도 옮겨왔다. 최근에 나는 디스코텍에서 결혼을 앞둔 신부의 여자 친구들이 남자손님들 중에서 한 남자를 추첨해서 신부의 브래지어를 벗기게 하는 것을 본 적이 있다. 이런 행사를 어떻게 비판하고 그 수준을 어떻게 평가하든 간에 이런 현상은 결혼을 그 무엇과 작별하는 것으로 생각하기 때문인 것 같다.

이나는 매우 독립적이고 자유를 사랑하며 모험심이 많은 29살의 여자이다. 그녀는 남자들과 늘 짧은 관계만을 가졌다. 그런데 어느 휴가여행에서 한 남자를 알게 되었고 그 후로 여러 해 동안 그 남자를 주말마다 만났다. 그러다가 두 사람은 같이 살기로 했는데 누가 집을 옮길 것인가를 결정하기가 힘들었다. 어느 한 사람이 자기가 살던 곳을 떠나야 했던 것이다. 결국 이나가 남자 친구에게로 이사 가기로 결정했다.

"다른 도시로 이사가기 몇 주일 전부터 정말 괴로웠어요. 나는 우리의 관계를 검토해보고 오랜 망설임 끝에 결정했지만, 구속받지 않고 자유로운 게 내겐 얼마나 중요한 지 깨달았죠. 갑자기 한 남자와 한 집안에서 같이 사는 확정된 삶을 받아들여야만 하는 것이에요. 그는 아이도 낳기를 원했지만 난 그럴 생각은 없었어요. 난 숨막히는 듯한 생각이 들어서 기회만 있으면 외도를 했죠. 난 정말 결혼하면 완전히 한 남자에게 얽매여서 살아야만 한다는 생각이 들었어요."

이나는 적어도 나중엔 다른 사람과 관계를 갖는 게 간단치 않으리라는 것을 알고 있었다. 그녀는 아직 그녀가 살던 도시에서 친구들과 만났고 아무 구속감도 느끼지 않았다.

"내겐 늘 자유가 가장 소중한 것이었어요. 그런데 이제 갑자기 남자 친구 곁에 있기 위해 자유를 포기해야 했던 거예요. 게다가 그때까지 난 여러 사람들과 만났는데 한 남자와 살기로 결정한 거예요. 그리고 매일 함께 있다는 게 두 사람의 관계에 어떤 영향을 미칠지도 알 수 없었고요. 나는 가끔 정말 우울한 생각이 들었어요. 그렇지만 어느 시점이 되자 우리 두 사람이 관계를 지속하려면 다음 단계로 접어드는 게 불가피한 것만은 분명했어요."

주말마다 만나는 동안에 두 사람 사이에는 늘 어떤 특별한 게 있었다. 그녀는 자동차를 오래 타고 짐을 챙기고 풀고 하는 게 불편해서 불평했다. 마치 어떤 책을 지금 꼭 읽고 싶은데 다른 곳에 있는 것과도 같았다. 그녀는 왔다갔다하는 게 피곤하다고 불평했지만 늘 같이 지내면 지루해질까봐 오랫동안 불편을 감수했던 것이다. 주말에 몇 시간 동안만 같이 지내는 게 불편하기는 했지만 이나의 생각에는 매일 같이 사는 게 훨씬 더 불편할 것 같았다.

그녀는 잠깐씩 만나는 관계의 긴장되고 강렬한 감정은 시간이 정해져 있기 때문에 유지될 수 있다는 것을 알고 있었으므로 두 사람의 생활이 완전히 변하는 것에 두려움을 느꼈던 것이다. 그래서 그녀는 이사가기 전에 다시 한 번 남자 친구와 잠깐 만나는 기회를 여러 번 가졌다. "나는 그와 한 집에서 늘 같이 산다는 게 너무 두려웠어요. 그래서 다시 한 번 내가 진정 원하는 것은 무엇인지 확인하고 싶었죠."

하이데마리는 이미 한 번 이혼한 경험이 있어서 다시 결혼한다는 게 용기를 필요로 하는 일이라고 생각했다. 그녀는 지난 4년 동안 혼자 살면서 상당히 편안하다고 느꼈었다. 결혼을 앞두고 그녀는 혼자 휴가를 떠나기로 결심했다. 그녀는 휴가여행을 독신생활과 작별하는 것이라고 생각했다. 휴가여행에서 불장난을 한다는 생각은 전혀 없었다. 그녀는 삶의 한 단계에서 다른 단계로 넘어가는 순간에 친구들과 또는 혼자서 자주 가곤 했던 곳을 다시 한 번 방문해서 마음을 정리하고 싶었다.

　그런 우울한 상태에서 하이데마리는 유쾌하고 낙천적인 한 남자를 만났다. 그는 그녀의 마음을 사로잡았고 우울한 기분에서 끌어냈다. 그녀는 해방감과 기쁨 그리고 우리가 〈휴가 여행지에서의 사랑〉에서 들었던 모든 것을 맛보았다. 그러나 그것은 마지막 즐거움이었다. 그녀가 하는 말을 들으면 마치 문이 닫치는 순간에 느끼는 공포를 묘사하는 것처럼 들린다. 물론 이 경우에는 삶의 가능성이 눈앞에서 닫히는 게 아니라 문이 뒤에서 닫치고 다른 문을 열기 위한 결정이기는 하지만.

　그녀와 대화하는 동안 수녀원 문안으로 들어가는 여자의 모습이 떠올랐다. 그리고 그녀의 뒤에서 문이 닫치는 것 같았다. 결혼하기로 결정하는 것은 결코 수녀원의 금욕생활로 들어가는 것이 아니기 때문에 이런 현상은 상당히 흥미롭다. 아니면 정말 금욕생활로 들어가는 것일까?

엄마로서만 살 것인가,
여자로서도 인정받고 싶은가?

Noch Frau oder nur Mutter?

"딸아이는 네 살이고 아들은 두 살이었을 때 아주 멀리 여행갈 기회가 있었어요. 거리가 멀어서 3주일 정도 걸렸죠. 비행기를 타기 전에 몹시 긴장됐고 여행 가 있는 동안 말할 수 없이 아이들이 보고 싶었답니다. 나는 지나치게 아이들 걱정에 사로잡혀 있지 않으려고 이따금 아이들 생각을 떨쳐버리려 했죠. 그렇지만 여행할 기회가 생긴 것도 좋다고 생각했어요. 매일 집안일과 아이들만 돌보면서 지내는 것도 차츰 지겹고 불만스러웠거든요."

카롤린은 휴식이나 휴가도 없이 매일 밤낮으로 일해야 하는 아기

엄마로서의 생활과 스트레스에 대해 이야기했다. "아이 엄마는 그저 열심히 일만 해야 해요. 한 가지 일을 끝마치면 또 다른 일이 기다리고 있죠."

독자들 중에도 아이를 낳아 기르는 용감한 행동을 한 여자들은 카롤린의 말을 잘 이해할 수 있을 것이다. "기저귀를 갈고 젖을 먹이고 식료품을 사오고 요리하고 빨래하고 청소하고 정기진료를 받으러 가고 예방주사를 맞히고, 다시 기저귀, 수유, 쇼핑, 요리, 빨래. 이 모든 것에서 벗어날 수가 없죠. 그러다가 30분쯤이라도 틈이 나면 늘 잠이 모자라 거의 실신한 상태로 소파에 쓰러져 있으니 도무지 지적인 생각이라곤 할 수도 없죠. 게다가 어떤 장난감이 아이의 발달에 도움이 될까, 어떤 책이 좋을까 하는 것도 생각해야 하고요. 엄마의 일이라는 게 말할 수도 없이 많고 모든 게 아이와 관련된 문제이고 아이를 중심으로 돌아가죠."

많은 여자들이 임신, 출산 그리고 아기가 젖먹이일 때와 서너 살배기일 때까지는 자아를 포기하고 순종해야만 하는 시기라고 묘사한다. 인생에서 그처럼 오랫동안 자신의 욕구를 포기해야 하는 시기는 없다. 이 시기는 길 뿐만 아니라 개인의 정체성과 관련된 모든 층위에 영향을 미친다. 우선 신체가 믿을 수 없이 변하고, 출산은 한계상황을 경험하는 일이다. 경제적으로도 급격히 변한다. 출산 후 8주까지는 유급휴가로 인정되지만 그 이후에도 그냥 집에 있으면 급료를 한푼도 받지 못한다. 약소한 양육보조금도 아이가 두 살이 되면 더 이상 지급되지 않는다. 전에는 경제적으로 독립된 생활을 하던 여자들이 갑자기 아이 아버지나 국가에 완전히 의존해서 살아야 한다는 뜻이다. 아이 때문에 여가가 없으니 사회적 관계들도 예전 같지 않다. 감정적으로는 아이에 대한 넘칠 듯한 사랑과 아이 때문에 받는 제약에 대한 분노, 생활의 변화에 대한 불안, 쉬지 않고 아이를 돌보는 데에서 오는 피로 등으로 온갖 격앙된 감정의 혼란을 겪는다. 아이를 낳음으로써 여자의 정신적, 육체적, 사회적, 경제적 조건이 온통 혼란스러워지는 것이다.

카롤린의 이야기로 돌아가서, 이런 생활의 리듬에서 벗어나 공간적으로도 멀리 떨어진 상태에서 그녀는 차츰 자신의 '자아'를 되찾았다, 비행기를 타고 조용한 밤을 보낸 후 그녀는 처음으로 24시간 동안 잠을 잤다. 그러고 나서 그녀는 자신에 대한 예전의 감정들을 되찾았다. 그녀는 옛 친구들을 만나고 그들의 친구들과도 알게 되고, 중간에 일어나지 않고 식사를 끝마칠 수 있었고, 대화 도중에 아이들을 돌보러 일어나거나 다시 묻는 일도 없이 친구들과 오랫동안 이야기를 나눌 수도 있었다. 아이들과의 생활이 명령하는 대로 움직이는 게 아니라 편안히 누워 일광욕을 하고 자고 싶을 때 자고 일어나고 싶을 때 일어날 수 있었다. 아이들의 낮잠시간에 맞추기 위해 급히 뛰어다닐 필요 없이 한가로이 상점들을 돌아다녔다. 아이들을 키우는 일이란 자기 자신을 완전히 제쳐놓고 헌신해야 하는 일이다.

2, 3일이 지난 후에 그녀는 자기 자신을 되찾았다. 갑자기 그녀는 자신의 육체에 대해서도 다른 감정을 갖기 시작했다. 임신과 출산, 수유, 다시 임신, 출산, 수유로 4년을 보낸 후에 그녀는 거품목욕을 하고 햇빛과 바닷바람을 쐬며 산책을 했다. 새로운 인간관계는 그녀를 자극했고, 아이들의 배탈, 이유식, 홍역, 이가 나고 잠을 안 자는 문제 등의 내용이 아닌 대화를 나누며 활기를 되찾았다.

물론 카롤린은 다른 사람들에게 '아이들 이야기'를 들려주었다. 아이들은 어머니의 하루의 90%를 규정하기 때문에 모든 어머니들이 늘 아이들 이야기를 하는 것은 아주 당연하다. 카롤린은 마음이 잘 맞는 남편과 정말 원해서 낳은 두 아이와의 생활로 곧 돌아갈 것에 대한 기대도 있었지만 자신의 다른 모습을 되찾은 이 휴가도 즐거웠다.

그녀는 사람들에게 자랑스럽게 가족사진을 보여줬다. 그러나 사람들이 전처럼 그녀를 순전히 가정주부로서만 보는 것은 아니었다. 그녀는 여기서 아이엄마가 아니라 집에 아이들이 있는 '여자'로 인식되었던 것이다. 누구보다도 봅이라는 남자가 그녀를 여자로 보았다. 그는 그녀에게 열렬히 구애했고 그녀도 받아들였다. "다시 매력적인 여성으로 인정받는 것은 정말 멋진 기분이었어요. 어머니로서만이 아니라 여자로서도 대우받는 게 정말 기뻤어요. 내 안에서 여성성이 다시 피어나기 시작한 거예요."

카롤린과 남편은 이미 결혼 전에 아이를 두 명 낳기로 합의했다. 그러나 그들은 성실성이란 환상에 불과하다는 것에도 의견을 같이 했고, 그래서 그 유명한 성실서약을 하지 않았다. 그러나 누군가 외도를 하게 되더라도 상대방의 자존심을 다치지 말고 배우자에 대한 존중을 잃지 말자고 서로 약속했다. 이런 합의가 있었으므로 카롤린은 양심의 가책 없이 봅과의 관계를 받아들였다. 그녀는 그야말로 밖에서 시간을 보낸 것이다. 그녀는 남편과의 성생활도 만족스럽다고 말했다. 그러므로 봅과 관계를 갖게 된 것은 어떤 불만 때문도 아니었다. 봅과 카롤린은 10년이 지난 지금도 편지나 전화로 서로 연락하고 한 번은 휴가를 같이 보내기도 했다. 그들은 서로에게 결속감을 느끼고 있으며 이런 결속감은 순전히 성적인 욕구와는 다른 것이다.

카롤린은 인생에는 단 한 번의 사랑만 있는 게 아니라 사랑하는 사람을 여러 번 만날 수도 있다는 생각을 하고 있다. 그들 중 한 사람을 반려자로 선택하고 가정을 꾸미기로 결정했는데 다른 사람과 사랑에 빠지게 되면 ― 반드시 한 관계를 청산하고 다른 관계로 들어가지 않고 ― 두 관계가 공존할 수 있다는 것이다. 그녀는 외도가 경계선을 넘지 않고 자신이 일단 선택한 가정을 위협하지 않게 하기 위해서는 물론 많은 자기억제와 감정통제가 필요하다고 말한다.

카롤린의 이야기는 마리온을 생각나게 한다. 마리온은 자신의 삶에서 가장 소중한 사랑을 만났지만 가정을 버리지 않았다. 그렇다면 왜 처음부터 외도의 관계에 들어갈 생각을 하는지 역설적으로 들린다. 앞장에서 불가항력적으로 사랑에 빠지는 심리를 외도의 특징으로 높이 평가했었다. 카롤린은 가정을 지키기 위해 감정통제가 필요하다고 말한다. 물론 그것은 '전부' 아니면 '무'의 상황으로 치닫지 않을 수 있는 방법인 것이다.

에블린은 아이가 한 살이었을 때 다른 남자와 관계를 시작했다. 그녀는 아이를 낳는 것이 여자로서 큰 즐거움으로 생각했다. 출산 후에 그녀는 자신의 육체가 아주 예민해지고 원초적인 여성이 된 듯이 느꼈다. 체중이 늘었지만 그녀는 개의치 않았다. 여자들에겐 드문 현상이다. 그녀가 살이 쪘기 때문인지 아기엄마가 되었기 때문인지 알 수는 없으나 그녀의 남편은 그녀에게 성욕을 느끼지 않았다. 아무튼 두 사람 사이에 성관계가 전혀 없는 상태가 되었다.

"정말 괴로웠어요. 성관계 없이 사는 것은 내 경험이나 신체상태에 완전히 반대되는 상황이었죠. 나는 여성으로서 남편과 실컷 즐기고 싶은 강렬한 열망을 지녔었어요. 남편과 그럴 수 없다는 것은 무척 괴로웠죠. 내가 불평을 하면 할수록 상황은 더 나빠져서 결국 우리 사이엔 점점 더 관계가 없어졌죠. 물론 그건 당연한 결과였지만 부족한 것을 호소하는 일 외에 달리 어떻게 해야 할지도 모르겠더군요. 그 밖의 다른 일들은 다 잘 되어가고 있었지만 나는 좌절감을 느끼고 절망하고 완전히 가라앉은 기분이었죠."

여자들이 아기를 낳고 젖을 먹이는 기간 동안, 한마디로 여성으로서의 육체의 기능이 가장 활발할 때에 남자들이 아내에게 성욕을 느끼지 않는 것은 일반적인 현상이다. 인터뷰에서도 물론 남편들이 아내를 여자로서가 아니라 아기엄마로 생각하며 욕망을 보이지 않는다는 게 밝혀졌다. 그러나 여자들은 그러한 상황을 적잖이 괴로워한다. 에블린의 이야기를 계속 들어보자.

"그런데 어느 날 남편의 친구가 내게 추근거리기 시작했어요. 처음엔 불쾌했어요. '가장 친한 친구의 부인인 나한테 저럴 수가 있나!' 하고 생각했죠."

그는 그녀가 수락할 때까지 구애했다. 그렇게 될 줄 알았다고 생각하는 사람도 있을 것이다. 그녀는 부도덕한 일인 줄 알았지만 두 남자의 우정은 자신의 문제가 아니라고 생각했고 그와 관계하기 시작했다. 그들의 관계는 두 달 동안 계속됐다. 에블린은 남편이 눈치채도록 노력하기까지 했다. 그녀는 오랫동안 집을 비웠고 속옷을 새로 사고 남편이 반응을 보이기를 기다렸지만 남편은 눈치채지 못했다.

그녀는 이 숨바꼭질이 어리석은 짓이라고 생각되어 관계에 종지부를 찍었다. 그녀는 자신이 왜 그랬는지 지금도 잘 알고 있다. "남편은 나를 원하지 않았어요. 하지만 나는 짧은 기간 동안이나마 다시 여자가 된 느낌을 가졌죠. 더 정확히 말하자면 다른 남자가 나를 여자로 본다는 것을 확인할 수 있었죠. 나는 바로 아이를 낳음으로써 여자임을 느꼈어요. 몸을 치장한다고 해서 여자가 되는 게 아니에요. 아이를 몇 명 낳고 살이 좀 찌는 게 무슨 상관이 있겠어요."

요즘처럼 날씬한 몸매를 병적으로 추구하는 시대에 이런 말을 하는 여자는 드물다.

어떤 여자들은 아기를 낳음으로써 아기엄마 취급밖에 받지 못한다고 느끼고 자신 안의 여성을 다시 일깨우려 하고, 어떤 여자들은 바로 아기엄마가 됨으로써 훨씬 더 여성임을 느낀다. 어떤 경우이든 여성은 성적인 영역에서도 활기 있게 살고 싶어한다. 여자가 어머니가 되면 여자의 삶에는 말할 수 없이 많은 변화들이 일어난다. 일상생활만이 아니라 여자로서의 정체성도 변화시킨다.

인터뷰에 응한 많은 여자들이 출산 후의 애정행위들 ― 남편과의 관계도 ― 을 예전의 자신, 또는 새로운 자신 그리고 자기 안의 여성성에 대한 강렬한 추구라고 설명했다.

플라토닉한 외도

　나는 거의 모든 인터뷰를 외도의 정의에 대한 질문으로 시작했다. 무엇이 외도인가? 배우자가 있는데 다른 남자나 여자와 성관계를 갖는 것? 다른 사람과 껴안고 만지고 애무하는 것? 누군가와 서로 잘 이해하는 것? 이미 결혼했는데도 늘 다른 남자들을 배우자나 성관계에 적합할지 관찰하는 것? 남편과는 그저 일상적인 일만 같이할 뿐인데 다른 사람과는 늘 친밀한 이야기를 나누는 것?

　나는 인터뷰한 여자들에게 그들의 외도에 대한 이야기를 해달라고 요구했고 그러한 관계에 의존하게 된 감정을 정의해달라고 말했다. 그들이 '이제 나는 외도를 한다' 라는 감정을 가졌다면 이 책의 주제를 위한 조건은 충족될 것이다. 그런데 성관계가 전혀 포함되지 않은 외도가 자주 이야기되곤 했다.

소냐는 41살이고 자신의 세무상담소를 운영하고 있다. 그녀는 자기 소유의 집에서 살고 애인은 같은 도시의 자신의 집에서 살고 있다. 애인이 한동안 외국에서 근무하고 있었을 때 그녀는 한 남자를 알게 되었다고 한다. 그들은 업무상 몇 번 만났는데 카페에서 만나 상담한 적도 있었다. 업무가 끝나고 헤어질 때 가끔 그들은 현관 앞에서 오랫동안 이야기를 나누기도 했는데 차츰 주제에서 벗어난 이야기를 나누게 되었다. 어느 날 그들은 업무차 만나 점심식사를 한 후에 호수가로 산책을 가게 되었다. 그들의 대화는 당연히 점점 더 개인적인 내용으로 접어들었다. 그들은 같은 기질을 갖고 있었으며 자주 만나기로 약속했다. 그녀는 자신이 그와의 약속을 들뜬 마음으로 기다린다는 것을 느꼈고 어느덧 그를 사랑하게 되었다고 확신했다. 그녀는 그와의 관계를 결코 육체적인 관계로 이끌어 가지 않았다. 그러나 그녀는 자신이 감정적으로 외도를 하고 있다고 분명히 알고 있었다.

앞에서 이야기했던 에블린은 남편을 속이는 관계를 계속하면서도 자신이 남편을 속이고 있다는 양심의 가책이 점점 더 없어졌다. 그녀는 남편에게 충실한 것보다 다른 남자와의 관계가 자신에게 더 소중했기 때문에 그 관계를 남편에게 알리지 않았다. 그녀는 같은 과 친구와 논문을 같이 썼는데 그와 사랑에 빠지게 됐다. 그들은 매우 친밀하고 깊은 애정을 가진 관계가 되었다. 그들은 결코 성관계를 가진 적이 없지만 그녀는 그들의 관계가 다른 많은 성적인 관계보다 더 심각한 외도라고 생각했다.

인터뷰한 여자들 중에 흥미롭게도 한 번도 외도를 한 적이 없다고 말한 여자가 있다. 물론 애인이 여러 번 바뀌기는 했지만 항상 한 남자와의 관계를 결말 지은 후에 다른 남자와 사랑했다는 것이다. 그렇지만 그녀는 어떤 남자와 오랫동안 깊은 애정과 플라토닉한 관계를 맺었는데 그것이 외도라는 느낌을 가졌었다고 한다. 그 당시 그녀는 남편과 여러 해 동안 같이 살고 있었는데 그들의 관계가 위기를 맞고 있었다고 한다. 그녀는 남편이 자신에게 더 이상 관심을 두지 않음을 알게 되었다. 그녀에 대한 남편의 관심이 시들해진 것이다. 그들은 아이도 하나 있었는데 남편은 그녀를 아이엄마로밖에 생각하지 않았다. 그들 사이에 성관계는 거의 없었지만 남편은 그 상태로도 아주 만족하고 있었다. 그러나 그녀는 남편과 같이 사는 게 더 이상 부부간의 활기찬 관계가 아님을 깨달았다. 그녀는 남편과의 결속감이 없었던 것이다. 그녀는 남편과의 관계를 돌이키려고 노력했지만 아무 소용이 없었다. 그녀가 노르베르트를 알게 됐을 때 그녀는 자신에게 결핍되어 있는 것이 무엇인지 깨달았다. 그가 그녀의 감정과 생각에 관심을 보이고, 그녀와 함께 시간을 보내는 것이 즐겁다고 그녀에게 확인해주는 것, 그녀와 친밀해지려는 노력 등은 배려받지 못했던 그녀의 영혼에 위안이 되었다. 그리고 그 당시 여자 친구도 한 명 새로 사귀었는데 그 친구와도 남편과의 사이보다는 더 친밀한 이야기를 나눌 수 있었다. 그런데 남편은 점점 더 질투를 하고 그녀가 사실은 남편과 그 모든 것을 같이 나눌수 있으면 제일 좋겠다고 말해도 믿지 않았다. 남편은 그녀와 노르베르트가 오로지 플라토닉한 성격의 관계라는 것도 믿지 않았다.

그것은 플라토닉한 관계였지만 그녀는 자신이 외도를 하고 있다고 느꼈다. 그녀는 아이의 아버지인 남편이 아닌 다른 사람과 관계를 맺고 있는 것이었다. 남편과의 관계를 돌이키기는 불가능했다. 그녀는 결핍감을 밖에서 보상받고 있었지만 그 결핍감은 점점 더 커졌고 남편의 질투심도 말할 수 없이 커졌다. 그녀는 가정을 지키려고 여러 해 동안 노력했지만 허사였다. 결국 그들은 헤어졌다. 한참 후에 그녀는 노르베르트와 성관계를 가졌지만 다시 되풀이하지는 않았다. 어쨌든 그것은 그들 관계의 본질적인 요소가 아니었기 때문이다.

2부

ES IST PASSIERT-WAS NUN?

이미 일은 벌어졌다

이젠 어떻게 해야 할까?

비밀로 해야 할까, 털어놓아야 할까?
- 방법의 문제

Heimlich oder offen? Die Frage nach dem Wie

이 책을 읽으면서 어떤 독자들은 분명히 새로운 사실들을 알게 되었을 것이다. 또 이 책에서 논의된 것과는 완전히 성질이 다른 경험들을 알고 있는 사람들도 있을 것이다. 그러므로 인간사라는 것이 얼마나 다양한 지 알 수 있다.

여자들이 자신의 경험을 처리하는 방식 또한 참으로 다양하다. 여자들이 자신에게 던지는 질문은 끝이 없다. 물론 외도를 할 것인가를 결정하는 일이 가장 어려운 질문일 것이다. 그러나 그들의 영혼을 짓누르는 가장 어려운 질문은 이미 외도를 했을 때 어떻게 대처할 것인가 하는 문제일 것이다. 그들은 자신의 비밀을 털어놓을

것인가, 아닌가를 결정해야만 한다. 그들은 이 사건을 여자로서의
자신의 모습, 아내로서의 자신의 위상, 자신의 가치체계 안에서 처
리해야만 한다. 게다가 외도를 고백하든, 비밀로 하든 상관 없이 외
도라는 새로운 관계를 이미 존재하는 관계구조 안에 포함시켜야만
하는 것이다.

이미 외도를 하는 중에, 또는 외도 직후에 여자들은 그 경험을 어
떻게든 처리하려고 한다. 내가 인터뷰한 여자들은 모두 자신의 외
도를 혼자 해결할 것인가, 아니면 친구나 자매나 어머니나, 또는 자
신이 신뢰하는 사람에게 털어놓을 것인지 고민했다고 한다. 대부분
의 여자들이 자신의 문제를 해결하기 위해 대화를 나눌 상대가 필
요했다고 한다. 물론 상대방이 자신의 행동을 지나치게 평가하거나
도덕적인 설교를 늘어놓지 말아야 하는 점이 매우 중요했다.

그러한 경우에는 논쟁을 해야 하기 때문이다. 그들은 호의적이고
주의 깊게 경청해주는 사람이 필요했다(상대는 모두 여자였고, 단 한
사례만이 남자였는데 오래 알고 지내던 사제이며 심리학자였다). 이야기
를 나눌 상대가 필요한 것은 무엇보다도 자신의 행동을 털어놓고
상대방도 이러한 혼란스런 감정을 이해하는지 알고 싶기 때문이었
다. 상대가 정말로 신뢰할 수 있고 관대하고 성실한 사람이라는 것
을 확신했을 때 여자들은 말할 수 없이 편안함과 후련함을 느꼈다
고 한다. 그들은 끊임없는 자기비판과 고민과 감정의 혼란에서 벗

어날 수 있었던 것이다.

그러나 신뢰할 만한 사람이 없거나 개인적인 불신 때문에 아무에게도 이야기하지 않을 경우에는 여자들은 자신이 처한 상황을 혼자서 해결해야만 한다. 신뢰할 수 있는 사람이 있는 경우에도 혼자서 해결하는 편을 선호하는 여자들도 있었다. 그들은 다른 사람에게 털어놓고 싶어하지 않았다. 그들은 자신의 경험을 혼자 간직하고 싶었거나, 다른 사람들의 의견이나 논평에 영향을 받고 싶지 않았던 것이다.

"만일 내 친구가 '네 남편은 정말 착한 사람이잖니!' 라거나 '남편한테 그렇게 감쪽같이 숨길 수 있니!', '네가 그럴 줄은 정말 몰랐다!', '너처럼 자기도취에 빠진 사람은 그런 짓을 하는 게 이상한 일도 아니야!', '더 깊은 관계에 빠지지는 않겠지?' 라는 등등의 말을 했다면 정말 화가 났을 거예요. 내가 외도를 한 사실이나, 그 일이 내게 어떤 의미를 갖는가 하는 사실보다 친구의 비판 때문에 논쟁을 벌여야 했을 테니까요. 그러나 더욱 나쁜 것은 선의의 충고들일 거예요. 그런 충고는 내게 너무 강한 영향을 미치고 그에 따라 나의 생각도 좌우될 테니까요. 그러면 나는 내 자신의 진정한 감정을 깨달을 수 없겠죠."

그와는 달리 반다는 자신의 친한 친구 두 사람과 이야기를 나눈 것이 매우 의미 있는 일이었다고 말한다. "친구들과 대화하면서 나는 내 자신의 생각을 계속 다시 정리하고, 마음을 가라앉히고 조용히 숙고해보고 우선 무슨 일을 해야 할지 상의할 수 있었어요. 결국 내 자신의 방식으로 행동할 수밖에 없는 일이지만 두 친구가 내 애기를 들어주고 진지하게 생각해준다는 것을 앎으로써 매우 도움이 되고 고마웠죠.

가장 중요한 것은 두 친구가 나를 비판하지 않았다는 점이에요. 내 자신을 어떻게 봐야 할 것인가가 나의 목적이었죠. 친구들은 이 모든 일을 훨씬 더 객관적으로 볼 수 있으니까요. 그리고 그들은 비밀을 지켜줬어요."

그러나 상황이 항상 이렇지만은 않다. 오히려 친구들이 도덕적인 설교를 늘어놓거나 아직 아무것도 모르는 남편에게 사실을 밝혀야 한다고 주장하는 경우가 더 흔하다.

카롤린은 여자들 사이의 연대감을 알고 중요하게 생각하며 그것을 무시하지는 않는다. 그러나 "하지만 친구들이 우리에게 늘어놓는 도덕적인 설교는 정말 성가셔요. 남자에 대한 사랑이든 아이들에 대한 사랑이든 마찬가지예요. 나는 남편을 사랑하고 아이들도 사랑하고 가정의 행복을 깨뜨리지 않기 위해 많은 일을 포기했어요. 그러나 나도 무엇인가를 하고 싶을 때가 있고 다른 남자를 사랑하게 될 때도 있어요. 아이들을 임신했을 때에도 늘 원칙대로 행복하게 느끼기만 한 건 아니에요. 괴롭고 부담스럽게 생각된 적도 있어요."

친구들과의 대화를 통해 여자들은 진실을 알게 된다. 자신이 규범에서 벗어났으며 자신의 행동이 틀렸다는 사실에 괴로워한다. 대화를 통해 자신의 잘못된 행동을 객관적으로 바라보게 됨으로써 심리적 안정에 대한 통제력을 잃는다. 그러므로 여자들이 남편이 아닌 다른 남자의 침대에서 일어나자마자 자신이 처한 상황에 대처하는 방식을 다시 네 가지로 분류할 수 있다.

♣ 다른 사람에게 고백하는 게 혼란스럽고 다른 사람의 영향을 받고 싶지 않다고 생각하는 여자
♣ 다른 사람에게 고백함으로써 마음이 가라앉고 자신의 생각을 분명하게 하기 위해 고백이 필요하다고 생각하는 여자
♣ 다른 사람을 절대로 신뢰하지 않으므로 고백하지 않는 여자
♣ 여자에 대한 사회적인 인식이 때때로 진실과 너무나 동떨어져 있으므로 새로운 규정을 위해 자신의 상황을 다른 사람들에게 이야기할 필요가 있다고 생각하는 여자

다른 사람들에게 고백할 것인가, 비밀로 할 것인가의 문제 외에도 남편에게 사실을 알릴 것인가를 결정해야만 한다. 이 문제에 대해서도 여자들은 일관된 태도를 보이지 않는다.

남편에게 자신의 외도를 이야기했는지 묻자 리자는 "그게 무슨 소용이 있겠어요?"라고 말했다. 리자는 단호하게 그것은 불필요할

뿐만 아니라 남편의 마음과 영혼에 심한 상처를 주는 일이라고 말했다. "대수롭지 않은 사건이었다면 이미 오래 전에 잊어버렸을 텐데 남편은 여전히 배신감으로 괴로워하지 않겠어요. 그것은 외도 자체보다도 더 관계를 망치는 일이 되겠지요."

리자는 또한 고백하고 싶어하는 심리의 배후에는 용서받고 싶은 소망이 있는 게 아니냐고 물었다. "자, 나는 당신에게 끔찍한 일을 저질렀지만 이제 모든 것을 정직하게 털어놓았으니 나를 용서해달라는 애긴데, 그것 역시 어리석은 짓이라고 생각돼요."

질케는 예전에 한 남자와 8년 동안 동거했었는데 자신보다 몇 살 위인 그가 자신의 작은 성적 일탈행위를 아버지처럼 용서해주기를 어린아이 같은 순진함에서 바랐었다고 솔직하게 고백했다. 그러나 이젠 그러한 생각에 대해 고개를 가로젓는다. 사실 그러한 바람은 배신당한 사람에게는 너무나 지나친, 무리한 요구인 것이다.

이러한 형태의 〈솔직함〉을 중요하게 생각하지 않는 리자도 때때로 남편에게 솔직하게 모두 털어놓고 싶은 욕구를 느낀다고 한다. 자신의 양심을 편안하게 하고 남편과 아주 친밀하고 투명하고 솔직한 관계를 이루기 위해 비밀을 고백하고 싶어하는 욕구는 충분히 이해할 수 있다. 사람들은 고백하고 처음부터 다시 시작하고 싶어하는 것이다. 다만 그 경우의 전제조건은 남편이 용서할 수 있어야 한다는 것이다.

그러나 배신당한다는 것은 대부분의 사람들에게 심각한 정신적 상처를 준다. 그 상처의 정도는 당사자의 평소 심리적 안정성과 무관하다. 그러한 상처로 인한 반응에는 여러 가지가 있지만 대개 분노와 뒤로 물러남이다. 그러므로 배신당한 사람은 외도한 여자가 고백함으로써 얻을 수 있으리라고 기대했던 것, 즉 용서, 사면, 투명한 관계, 죄의식으로부터의 해방, 더 이상 비밀을 추궁 당하지 않는 것 등등을 즉시 베풀어줄 준비가 전혀 되어 있지 않은 것이다.

남편은 몹시 화를 내거나 조용히 있기도 하고, 의심하고 말없이 혼자 있기도 하거나 두 가지 반응을 번갈아 보이기도 한다. 이러한 상태는 매우 오래 갈 수도 있다. 아내는 남편에게 더욱 진정한 마음으로 다가가려 하는 반면, 남편은 우선 이러한 상황을 만든 아내와 거리를 두려 한다. 남편은 자신을 방어하며 상처를 삭이는 것이다. 또한 보복을 계획하는 경우도 흔히 있는데 그렇게 되면 두 사람의 관계는 더욱 힘든 시련에 빠지는 것이다. 앞에서 복수심에서 외도를 한 경우의 예를 참고하기 바란다. 남자들도 그런 심리에서 자유롭지 못하다.

남편이 용서해주리라는 소망에 대해 리자는 유치하다고까지 표현한다. "내가 가장 심한 상처를 안겨준 사람에게 이제 나를 용서하라고 하다니. 우리는 고해성사를 해서 면죄를 얻는 것도 아니고 아이가 잘못을 해도 여전히 사랑해주는 엄마에게 말하는 것도 아니에요."

리자는 다른 사람의 용서를 구할 게 아니라 자신의 행동을 스스로 책임지는 게 성숙한 태도라고 생각한다. 더욱이 그녀는 남편에게 이야기함으로써 남편을 다시 모욕하거나 상처를 줄 게 아니라 오히려 비밀로 하는 것이 책임감 있는 태도라고 생각한다.

많은 여자들이 젊었을 때 처음 관계에서 경험하였듯이 남편과의 관계를 청산하고 새로 시작된 관계를 택한다는 것은 물론 어렵고 그다지 의미 있는 일도 아니다. 남자 친구를 바꾸려는 시도는 말하자면 남들에게 보이기 위한 의도인 것이다.

앞장에서 설명했듯이 결혼생활에서 벗어나기 위한 방편으로 외도를 하는 것도 그 목적을 달성하려면 대개의 경우 언젠가는 남편이 알게 된다. 앞에서 예로 든 안네의 경우, 안네는 애인의 편지를 남편의 눈에 띄도록 아무렇게나 놓아두었다. 계획적으로 그렇게 한 것은 아니지만 무의식적으로 그런 의도가 있었던 것 같다고 그녀가 고백했다. 그렇게 되자 남편과 언쟁을 하게 되었다. 마침내 그녀는 결혼생활에 대한 불만을 말하게 되었고 남편이 그녀의 말을 들어주기를 바란 것이다. 그녀의 남편은 정말로 당황했다.

남편을 당황하게 만들 방법이 필요할 때 이것은 〈강력한 수단〉의 범주에 속한다. 이 문제에 대해서는 다시 논의하겠다.

그러나 의식적이든 무의식적이든 남편을 당황하게 만들면, 다시 말해 남편에게 솔직하게 털어놓고 마침내 남편이 알게 되면 결혼생활에 변화가 생기거나 헤어질 기회를 갖게 된다. 첫 장의 〈복수는 달콤하다〉에서 묘사한 경우들은 처음 보기에는 외도가 밝혀질 때에만 의미를 갖는 것처럼 보인다. 그렇지 않다면 복수가 무슨 의미가 있겠는가? 아무 의미도 없을 것이다.

이 점에 있어서도 모든 여자들의 반응이 반드시 일치하는 것은 아니다. 많은 여자들은 남편이 자신의 외도를 알지 못해도 이제 남편과 공평해졌다고 생각한다. 남편이 아내의 외도를 상상도 못 하고 있으며 아내를 잘못 평가하고 있다는 사실만으로 여자들은 은밀한 만족을 느낀다. 또한 남편의 외도를 반드시 외도로 보복하는 것도 아니다. 때로는 여자들이 남편의 외도를 무시하거나 경멸함으로써 보복하기도 한다. 여자들은 공개적으로든 비밀리에든 자신이 필요한 것을 얻는다.

68년 학생운동을 경험한 힐트루트는 젊은 세대의 독선적인 생각을 회상하며 고개를 가로젓는다. "맙소사, 우리는 무엇을 요구했었지? 고통과 질투는 곧 보수적인 소유욕이라고 거부하고 나쁜 것으로 규정했지." 그녀는 거기에서 새로운 이념이 논리와 가슴으로 받아들여지려면 적어도 오랜 시간이 필요하다는 교훈을 얻었다. "아프리카의 어느 지역에서 다처다부제가 실재한다고 해도 이성과 의식을 갖고 그것을 우리 사회에 정착시킬 수는 없지. 우리 사회는 완전히 다른 문화를 갖고 있으니까."

　카롤린은 배우자가 영원히 성실할 것이라고 믿는 것은 현실감각이 결핍된 것이라고 생각한다. 그녀는 이미 앞장에서 말한 대로 외도를 비밀로 해서는 안 된다고 결혼 전에 남편과 합의했다. 그러한 감정적인 경험을 서로에게 알리는 것은 친밀함과 신뢰의 표시라고 그녀는 생각한다. 그렇지 않다면 그녀는 남편의 삶에서 자신이 너무 소외되어 있다고 생각한다. 그렇기 때문에 그녀는 오히려 남편의 외도에 대해 알고 싶어한다. 카롤린은 남편의 혼외정사를 자신의 문제로 생각하지 않는 감탄할 만한 능력을 갖고 있다고 할 수 있다. 그녀는 남편의 외도가 결혼의 가치나 그녀 자신의 인격을 위협한다고 생각하지 않는다. 그녀는 남편이 다른 여자와 만난다는 사실을 알더라도 너무 지나치게 상상하지 않기 위해 자신을 억제하는 통제력을 갖춰야 하지만 세심하게 주의하면 남편의 외도 문제로 심하게 괴로워하지 않을 수 있다고 말한다. 그녀는 만일 남편의 외도 사실을 친구나 친지들은 알고 있는데 자신은 짐작조차 하지 못하고 있다면 오히려 더 괴로울 것이라고 말한다. 그러나 그녀는 이젠 남편이 자신의 외도에 대해 자세하게 이야기해주기를 바라지 않는다. 단지 남편이 감정적으로 의미를 느끼는 여자가 있다는 사실을 자신에게 알려주고, 그녀가 누구인지, 그녀에 대해 어떤 감정을 품고 있는지만을 말해주면 된다고 생각한다.

카롤린 역시 남편에게 같은 태도를 취한다. 처음에는 결혼생활이 위태로워질 정도로 외도에서 감정이 너무 강렬해지지 않게 하는 것과 어느 정도까지 솔직하게 말하는 것이 알맞은지 한계를 정하기가 상당히 어려웠다. 배신당한 쪽의 반응의 강도는 그 당시의 정서 상태나 자신의 삶과 존재가치에 대한 의식, 내면적인 안정성에 크게 좌우된다. 그러나 세월이 흐르면서 두 사람은 그러한 일에 차츰 익숙해졌다.

카롤린은 자신과 남편에게 한편으로는 상당한 자유를 허용하고, 다른 한편으로는 결혼의 결속력과 외도의 자유라는 두 가지 측면에 대한 통제력을 요구한다. 이 사례에 따르면 두 사람에게는 고도의 자기통제력이 필요하다. 두 사람의 타협에 따라 상대방에게 무엇을 알려줘야 하는가 하는 문제가 끊임없이 제기되는 것이다. 게다가 두 사람은 가정을 위험에 빠뜨리지 않게 하기 위해 외도에서 늘 감정을 억제하려고 노력해야 하는 것이다.

앞장에서 언급한 율리아의 경우에도 그녀는 다른 남자를 만나면 이 사실을 자신의 남자 친구에게 늘 알려줬다. 남자 친구는 너무 깊은 상처를 받지 않기 위해 율리아에게 자세한 내용이나 율리아의 격앙된 감정에 대해 묻지 않았다. 그는 율리아의 사랑의 감정이나 이별의 고통에 대해 알고 싶어하지 않았다. 그가 상실감을 혼자 해결해야만 하는 것과 마찬가지로 율리아도 외도와 관련된 감정을 혼자 해결해야 했다.

반면 예테는 다시는 절대로 남편에게 사소한 외도 사실도 고백하지 않겠다고 단언한다. 예테는 27살이고 큰 출판사의 광고부에서 일하고 있다. 그녀는 3년간의 결혼생활 중 단 한 번 외도를 했다. 예테는 어느 날 마음이 약해져서 남편에게 그 사실을 고백했는데 그 결과 완전히 심리적 테러 상태에 빠졌으므로 지금도 자신이 고백한 행동을 자책하고 있다. 잠깐 동안의 불장난 같은 감정적인 의미는 이미 오래 전에 사라졌는데도 남편은 밤마다 질투 드라마를 연출하는 것이다. 요즘도 남편이 그녀의 신뢰성을 의심하고 모든 면에서 두 사람의 관계를 짓누르는 요소가 되었다.

그녀는 외도 상대와 이미 오래 전에 연락을 끊었지만 외도의 결과를 견딜 수 없어서 가끔은 정말로 남편과 헤어질까 하는 생각이 든다고 한다. 그녀는 물론 없었던 일로 할 수도 없고 자신이 남편에게 상처를 준 사실을 용서해주기만 바랄 수도 없다는 것을 알고 있다. 그녀는 남편에게 자신은 분명히 남편을 선택했다고 말했지만 아무 소용이 없고, 그 일로 인해 남편과의 관계에 생긴 틈을 메울 수도 없었다.

"벌써 몇 주일, 몇 달 동안 이런 상태인데 더 이상 견딜 수도 없어요. 내가 어떻게 해야겠어요? 후회의 표시로 자살이라도 할까요? 이런 상태가 얼마나 더 오래 계속될지 알 수도 없어요."

젠타는 남편에게 솔직하게 털어놓음으로써 남편이 행동을 취할 수 있는 동기를 부여하고 싶었다. 그러나 남편은 너무 놀란 나머지 마비 상태에 빠진 것 같았다. 인터뷰하는 동안 〈행동의 변화〉라는 단어가 나오자 그녀는 경멸하듯 한숨을 내쉬었다.

"맙소사, 나도 물론 행동의 변화를 꿈꾸죠. 남편이 어떤 방식으로든 행동한다면 정말 기쁘겠어요."

그녀의 남편은 무척 당황한 것 같기는 하지만 어떤 행동도 취하지 않고 그에 대해 대화조차 하지 않고 그녀가 대화를 시도해도 반응조차 보이지 않는다. 그는 그 누구와도 이야기하지 않는 것 같다. 젠타의 외도는 근본적으로 성생활의 불만 때문이었다. 그녀의 남편은 아내의 외도를 참기보다 어떤 형태로든 이 문제에 접근하기가 분명 더 어려웠을 것이다. 그러나 그 자신이 분명하게 이야기하거나 설명하지 않았으므로 결국 그에 대해서도 단지 추측할 수 있을 뿐이다. 그러므로 젠타는 이따금 즐기고 그에 대해 침묵하기로 한 것이다. "어쩔 수 없는 일이에요."라고 젠타는 말한다.

인터뷰한 모든 여자들이 자신의 불성실을 처리하는 방식은 이렇게 여러 가지이어서 모든 가능성을 상술하기는 불가능하다. 그러므로 행동방침에 대한 보편 타당한 권고나 모범을 어떻게 제시할까 하는 문제가 제기된다. 완전히 불가능하지 않을까?

그러나 사람들은 여러 가지 방식으로 그런 충고를 하고 있다. 심리치료사나 신학자들, 매우 개인적인 이념과 윤리를 격렬하게 피력하는 사람들 등등, 많은 사람들이 보편 타당한 충고를 알고 있다. 그러한 충고들은 위에서 언급한 해결방법만큼이나 다양하다. 그래서 나는 모든 사람에게 알맞은 보편 타당한 정답은 없는 것 같다는 결론을 내릴 수밖에 없다.

그러므로 당사자의 정신적 안정을 위해 지원을 찾는 각 개인이 그에 알맞은 논리를 택하기를 바랄 뿐이다. 만일 남편에게 상처를 주지 않기 위해 외도를 비밀로 하려 한다고 말하면 심리학전문가는 "그건 순전히 비겁한 짓이다. 비밀로 함으로써 당신은 남편에게 상처를 주고 그의 품위를 해치게 된다. 진실이 최선이다!"라고 할 것이다. 그러나 만일 그러한 충고를 들은 여자가 외도를 전적으로 자기 혼자 해결해야만 하며, 남편의 허락이나 이해에 의존해서는 안된다고 생각하는 안네의 논리를 택하는 게 비교적 더 실제적이라고 생각해도 그 의견에 동의해야 한다. 따라서 그것은 자신감과 주도권의 표시이기도 하다. 여자가 책임감 없이 남편이 어떤 방식을 가장 좋아할지 자문하지 않는다면 너무 어리석은 짓일 것이다. 아마 그녀는 남편이 원하는 대로 따르고 싶을 것이다.

자신의 외도에 대해 남편과 대화하려는 생각을 하는 여자들은 다음의 점들을 고려해야 할 것이다.

- ♣ 남편과의 성생활의 상황과 가치
- ♣ 남편과 그녀 자신의 성격, 심리적 상태 및 정신적 균형
- ♣ 전체 구조 안에서 외도의 가치
- ♣ 이제까지 남편과 나누었던 협의사항들
- ♣ 외도의 개인적인 동기
- ♣ 자신의 윤리관

그렇게 해야만 당신의 경우에 다른 사람들과 이야기하는 것이 당신에게 유익할지 그리고 외도를 고백할 것인지, 비밀로 할 것인지를 알 수 있을 것이다. 이것을 당신의 매우 민감한 개인적인 상황에 따라 결정하고 개인적인 목표를 설정한 후 숙고해야 할 것이다.

3부
BEI MÄNNERN IST DAS ETWAS ANDERES
남자들의 경우는 다르다

거짓말은 곧 탄로날까?

우리의 가치체계에서는 비밀스런 관계는 특히 비난받는다. '정직함'은 높은 가치가 있다. 그 단어를 분석해보면 정직한 사람은 존경받는 사실을 알 수 있다.

그러나 많은 일에서 그렇듯이 이 문제에서도 나는 일반화를 경고하고 싶다. 적나라한 진실은 무례함이 되거나 정말 마음의 상처가 될 수도 있다. 누군가가 반갑게 인사하며 "이런, 지난번 만났을 때보다 살이 9kg쯤 더 찐 것 같군요."라고 말한다면 매우 정직하고 솔직하게 보일지라도 그런 직설적인 솔직함은 칭찬 받지는 못할 것이다.

다음 예가 보여주듯, 외도에 대한 꾸밈없는 진실도 경우에 따라 야비한 짓이 될 수도 있다.

만삭이 가까운 어느 여자가 신체적인 변화를 힘겹게 견디어야 하고 곧 닥칠 해산에 대한 두려움으로 인해 감정적인 지원이 필요한 상황에 있었는데, 아기의 아버지가 배드민턴 시합 후에 일시적인 기분에서 매력적인 직장동료와 정사를 가졌다고 고백했다.

이 경우에 남편이 다른 시점에 고백할 수는 없었나 하는 문제가 제기된다. 당사자는 아기가 태어나기 전에 아내와의 사이에 어떤 기만적인 비밀이 있으면 안 된다고 생각했기 때문에 정직하게 말하고 싶었다고 한다. 그는 자신의 비밀로부터 해방되었지만 아내는 몇 주 동안 몹시 괴로웠다.

물론 비밀이 폭로됨으로써 관계가 투명해지고, 심지어 관계된 모든 사람들이 편안해지는 비밀도 많다. 한 가족임을 숨기던 사람이나 입양 사실을 비밀로 하던 아이 등등 가족의 비밀들은 심리상태에 무의식적으로 큰 영향을 미친다. 그러나 언젠가 진실이 백일하에 드러나면 모두들 마음이 놓이고 비밀로 하거나 거짓말을 하는 것보다 훨씬 더 편하게 살 수 있다.

오랫동안 기만당하고 있었다는 막연한 감정을 갖고 있으나 편집증이라고 치부하고 질문하지 못하던 사람이 고통스런 진실을 알게 되면 오히려 올바른 관점을 갖게 되어 곧 편안하게 느낄 수도 있다.

상대방에게 인식과 변화의 기회를 갖게 하기 위해 진실을 털어놓아야 할 때도 있다. 우리는 "왜 한 번도 내게 그런 말을 안 했느냐?"라는 성난 질문에 대해 "당신에게 상처를 주고 싶지 않았다."라는 대답을 잘 알고 있다. 그것은 변명에 불과하거나 비겁한 짓으로 보일 수도 있지만 그러한 질문 자체도 질문하는 사람이 너무 놀라고 충격을 받아서 하는 질문이기도 하다. 예를 들어 어떤 여자가 남편과의 이혼사유로 남편의 끊임없는 여행욕구를 내세우며 매우 가정적인 남자를 원한다고 말한다면, 아내가 늘 아무 말 없이 남편의 여행에 동행했으므로 아내가 가정적인 남자를 원한다는 사실을 알지 못했던 남편이 놀라는 것도 이해할 수 있는 일이다.

부부 사이의 비밀은 성과 관련 있는 경우가 많이 있다. 배우자가 어떤 불만이나 특정한 바람이 있을 때 그에 대해 대화한다는 것은 수치스럽고 매우 민감한 사안이다. 가끔 남편이나 아내는 변화를 시도하기에 너무 늦은 다음에야 진실을 깨닫게 된다. 그러므로 솔직함이 건설적인가 파괴적인가, 또는 침묵이나 어쩔 수 없는 거짓말이 비겁한 짓인가 존중의 표현인가는 개인과 상황에 따른 문제인 것이다.

앞에서 살펴보았듯이, 카롤린은 외도 자체보다 남편이 외도 사실을 그녀에게 말하지 않은 것이 더 큰 기만이라고 생각했다. 반면 힐트루트는 이따금 남편의 명백한 혼외정사를 묵과하기를 바랐다. 또 다른 사람들의 경우에 따른 차이점은 외도가 부부관계에 어떤 영향을 미치는지에 달려 있다.

에블린은 자신의 외도가 부부관계의 불만의 결과라는 느낌을 가졌을 때 그 사실을 고백했다. 그러나 일시적인 기분이나 파티에서의 장난 정도로 즐겼을 때에는 남자 친구를 괴롭게 만들 이유가 없다고 생각하고 고백하지 않았다.

진실에 대해 어떤 태도를 취하든 간에 여자들의 외도에 관한 몇 가지 배경에 대해 더 상세하게 다루고 싶다.

이제부터 나는 이 책에서 언급한 모든 여자들에게 많든 적든 공통되는 기초를 이루는 속마음과 체험의 그물을 엮어보겠다. 여기 묘사된 개인적인 이야기들은 모두 이 공통적인 배경 안에 들어 있기 때문에 그것을 배경으로 하여 이해하는 게 중요하다.

우선 거짓말에 대해 논의하겠다. 남자들의 거짓말과 여자들의 거짓말은 매우 다르게 평가되기 때문이다. 〈사소한 거짓말〉은 남자들과 여자들의 거짓말에 대한 그리고 사람들 사이의 〈진실된〉 교제에 대한 상세한 논의이다.

그런 다음 자의식과 억압의 주제를 다루겠다. 사람들이 무엇을 필요로 하는지 말할 수 있으려면, 우선 무엇이 필요한지 알아야만 하고, 둘째 그 소망들과 욕구들이 성의껏 다루어지도록 확신을 갖

고 있어야 한다. 이 말은 모든 표명된 욕구가 곧장 누군가에 의해
만족되어야 한다는 뜻은 아니다. 그러나 무시되거나 평가 절하되거
나 오용되지 않고 경청되고 존중되어야만 한다.

끝으로 나는 인터뷰한 여자들에 대해 다시 더 상세하게 다룰 것
이다.

흥미로운 질문은 물론 여자들과 여자들의 성에 대해 이미 기술된
역사적이고 현실적인 사회적 조건하에서 여자들이 그들의 체험을
어떻게 처리하고 현재 배우자에 대한 그들의 개념을 자신의 자화상
과 어떻게 조화시키는가 하는 것이다.

사소한 거짓말

Die kleine Lügengeschichte

사소한 거짓말은

♣ 남자들의 거짓말

♣ 여자들의 거짓말

♣ 여자들에 대한 거짓말

♣ 오늘날의 여자들의 거짓말

에 대한 이야기이다.

일상생활에서 남자들의 거짓말과 여자들의 거짓말을 얼마나 다른 방식으로 판단하는지 인상 깊게 확인할 수 있다. 남자들은 때때로 〈교묘한 솜씨〉나 〈전략〉 또는 탁월한 외교적 책략으로 성공을 이루는데, 그러한 수완은 어느 정도 칭송 받기까지 한다.

정치에서 거짓말은 매우 너그럽게 허용된다. 정치에서는 순전한 거짓말로 판명된 사실도 대중적인 효과를 위해 명예를 걸고 진실이라고 맹세하는 경우가 흔하다. 그럼에도 불구하고 그런 사람들이 감옥에 갇히기는커녕 많은 급료를 받는 고위직에 계속 앉아 있다. 그런 일들은 전략적으로 일반 대중들이 곧 잊어버리도록 처리된다. 따라서 "남자는 일구이언을 해서는 안 된다."라는 격언은 순전히 농담에 불과하다.

반면 여자들이 그런 의심스런 능력을 지닌 경우에는 새치름하다, 음흉하다, 여우 같다, 닳고 닳은 교활한 여자다 같은 수식어로 불린다. 여자라는 존재는 죄를 뒤집어쓰는 상황을 피하기가 정말로 불가능한 것 같다. 그러나 그것은 여자들은 모든 일에 책임을 지는 독특한 능력을 갖고 있다는 긍정적인 의미일 수도 있다.

그러나 우리 모두가 알다시피, 이런 결론이 나오지는 않는다. 죄는 죄로 끝난다. 여자가 매혹적이어서 남자들에게 성추행이나 강간 같은 한계를 넘는 행동을 하도록 유발하면 여자에게 책임이 있다. 또 여자가 매력이 없어서 남자들의 주의를 끌지 못해도 죄가 된다.

여자가 너무 요조숙녀인 체 해서 성적인 농담을 건네지 못할 정도
일 때에도 그 여자는 죄인이다. 여자가 계속 성적인 농담만 떠올리
게 만들어도 그녀 자신이 동기부여를 한 것이니 죄는 그녀에게 있
다. 35살이 넘도록 위대한 사랑이나 결혼에 대한 생각을 하지 않는
여자도 죄인이다. 그러나 남자처럼 방종한 생활을 해도 또한 죄가
된다.

이 문제에 대해 이런 저런 죄를 끝없이 열거할 수 있을 것이다.
어쨌든 무슨 일을 하든 남자들은 모든 책임으로부터 면제된다. 그
러면서도 그들은 놀랍게도 이성, 논리, 능력, 통제력을 남성들의
영역이라고 주장한다.

그러나 21세기에도 다른 면에서는 높이 칭송 받는 남자들의 자제
력이 여자들이 발하는(물론 의식적으로 목표를 갖고) 성적 매력에는
완전히 무력해진다는 견해가 견지되고 있다. 남자를 유혹하지 않는
여자는 자신감이 없거나 불감증이거나 여성해방운동가라고 말한
다. 성적인 행동에 대해 상냥하게 미소 지으면 다정한 여자이고, 미
소 짓지 않으면(남자들의 무례한 행동에 놀라지 말아야 한다) 점잖은
체 하고 감정이 없는 여자라고 평가받는다. 그렇다면 여자는 어떻
게 행동해야 할까? 자신의 성격대로 자연스럽게 행동하면서도 당
연히 존중받는 게 어떻게 가능할까?

물론 이런 이중적인 윤리로부터 이득을 본 사람도 있다. 예컨대

베로나 펠트부시처럼 이런 상투적인 관념을 빈틈없이 이용하여 많은 돈을 번 여자도 있다. 몇몇 여자들도 좀더 작은 규모로 똑같은 일을 해서 크든 작든 성공을 했다.

이런 이중적인 윤리에 단호히 대항하려는 여자들도 있다. 예를 들어 알리스 슈바르처는 그로 인해 비난받고 모욕당해야 했다. 그리고 강한 자의식을 갖고 자신의 신념대로 행동하며 외부로부터의 불쾌한 영향을 배척하려는 여자들도 있는 것이다.

그러나 대부분의 여자들은 그저 침묵하고 그들에 대한 무관심의 방어벽 안에서 자신의 일을 해나가고 있다.

이런 진퇴양난의 한가운데에서 여자들이 무슨 말을 하든 틀린 말이 될 것이다. 그냥 아무 말도 하지 않는 것이 더 나을까? 비밀로 하고 얼버무리고 변명하는 게 나을까? 내가 부지불식간에 무슨 말인가를 하고 위험을 감수했는데 반박 당하고 의심받고 비난받는다면 나는 내 자신을 지키기 위해 말하지 않는 게 낫다고 생각하게 되지 않을까? 적어도 위험을 최소화하는 데 도움이 될 것이다.

그러나 비밀로 하는 것도 문제가 될 수 있다. 선천적으로 거짓말쟁이인 사람은 없겠지만 거짓말로 인한 양심의 가책보다 끊임없는 심리적 공포는 정신 건강에 때때로 더 위험하다. 분노, 흥분, 불안 같은 괴로운 감정은 부신피질 호르몬과 혈관 내의 호르몬 응축을 더 높인다는 사실이 증명되었다. 그것은 위험을 느낄 때 신체가 투쟁하거나 도피하기 위해 주의력이 증가하고 눈동자가 커지고 심장이 더 강하게 고동치는 게 필요하기 때문에 일어나는 현상이다. 그러나 신체적인 투쟁이나 도피가 반작용 반응으로 일어나지 않으면 기관지가 확대되고 혈압이 올라간 상태에서 돌아다니는 것은 시간이 흐름에 따라 건강에 해롭다. 그래서 때로는 불가피한 거짓말이나 비밀로 숨기기, 억제가 도움이 되는 일일 수 있는 것이다.

여자들이 어떤 괴로움에 지속적으로 직면해 있는지 더 잘 이해하기 위해 역사 속으로 들어가보겠다.

상처받기 쉬운 영혼을 가진 존재가 수천 년 동안 사악한 죄인이라고 단정짓는 역사 속에서 산다고 상상해보라. 그것은 관념형성에 어떤 영향을 미칠까? 이 지속적이고 끈질긴 〈규정지어진 자신의 모습〉에서 늘 성공적으로 빠져나오기란 거의 불가능하다. 정체성은 〈규정지어진 자신의 모습〉에 의해 발전한다. 유년기에 자신이 귀찮고 성가시고 불결하고 무가치하다는 암시를 받으면 일생 동안 자신을 그렇게 판단하게 된다. 무의식적으로 다른 사람들도 자신을 그런 관점에서 바라보고 그렇게 판단하리라고 생각하게 된다. 그것은 당연히 주위세계에 대한 태도에 영향을 미친다. 예를 들어 아무도 자신을 좋아하지 않는다고 생각하여 처음부터 비사교적이거나, 누군가가 자신을 좋아하게 만들려고 애쓰거나 무조건 순응하게 될 것이다. 또는 정말로 자신을 좋아하는 사람이 전혀 그럴 리가 없다고 불신하게 될 것이다. 이러한 것들은 유년기의 부정적인 체험의 가능한 몇 가지 결과일 뿐이다.

자신이 사랑스럽고 누군가에게 기쁨을 준다는 사실을 말이나 행동을 통해 훨씬 더 많이 암시 받으면 완전히 다른 기본 전제를 갖기 때문에 분명히 미래에도 다른 사람들과의 접촉에서 자신감과 자부심을 더 많이 가질 것이다.

그러나 부정적인 관념이 이미 각인되고 그로 인해 다른 사람들보다 인생에서 더 나쁜 출발을 하게 된다는 것이 단지 어느 한 사람의 개인적인 운명인 것만은 아니다. 여자라는 종족 전체에 대한 평가절하는 수천 년 전부터 있어 왔다.

카타리나 로만은 기원전 1800년에 함무라비 왕이 간통한 여자는 정부와 함께 익사시키라고 섬록암에 새겨 놓은 기록을 발견했다. 그 후 바빌론의 군주 마르둑은 간통의 경우에 남자들은 용서하고 여자들만 처벌하게 했다. 또한 에덴동산의 유혹자는 뱀인데 오히려 나약한 성격의 이브가 유혹자로 혼동되어 사악하고 간교한 사람으로 전해지고 있다.

투르의 대주교의 다음과 같은 진술은 인상적이다.

"여자는 끊임없이 죄악에 빠져 있는 나약한 존재이며 남을 해치는 짓을 자발적으로 그만두는 적이 없다. 여자는 정욕의 불꽃이며 광포한 광기, 남자의 가장 사악한 적이고, 해를 끼치는 일은 모두 배우고 또한 다른 사람에게 가르친다. 여자는 비천한 존재, 기만하기 위해 태어난 창녀…." 그런데 이 대주교는 이상하게도 여러 명의 비천한 존재, 창녀, 남자의 가장 사악한 적과 동거했다.

카타리나 로만은 요한 피샤르트의 『결혼의 규범 소책자』에서 자신의 뜻에 순종하지 않은 부인을 내쫓은 왕들의 사례(자신의 친구들과 동침하라는 명령을 내린 왕도 있다)를 많이 인용하고 있다. 그리고 마녀사냥에 대해서도 상세하게 서술하고 있는데 수많은 여자들에게 비상식적인 끔찍한 행동과 능력(능력이라니, 고맙기도 하지)을 덮어씌워 잔인한 방법으로 죽인 사례들을 볼 수 있다.

수천 년 동안 여자들에게 가해진 너무도 불행하고 잔인한 억압을 증명하기 위해 다양한 전거(典據)를 상술하지는 않겠다. 그것은 여러 쪽에 걸친 대작업이 될 테고, 전체적으로나 연대기적 각각의 사례로 보나 공포영화처럼 견딜 수 없이 무서운 진상에 독자들은 경악하여 계속 고개를 젓게 될 것이다.

그러나 그것은 이 책의 주목적이 아니다. 잠시 이러한 부연설명을 하는 것은 여자들이 오늘날에 와서야 이 완강한 억압과 싸워야 하는 게 아니라, 이 악습이 아주 오랜 전통을 갖고 있다는 사실을 이해하고 느끼게 하는 게 중요하기 때문이다.

우리는 모두 여자를 경멸하는 전통, 여전히 존속하고 단지 가면만 변한 이 전통 안에서 움직이고 있다. 이 오랜 역사는 남성과 여성 사이의 관계와 여자들의 자의식에 영향을 미친다. 여자들은 수천 년 동안 자신들이 경멸받을 만한 존재들이라는 주장을 사실로 믿었다. 여자들이 자신의 본질이나 잠재력을 보이려면 위험에 빠지며 정신적·육체적 건강을 걱정해야만 한다는 것을 알아야 한다. 따라서 여자들은 많은 것을 숨기거나 자신의 목표를 전략적으로(여자의 술책이라고 불리는) 추구해야 한다.

특히 여자들의 전략을 남성들은 여성의 기만적인 속성을 증명하는 것이며 당연히 여자들은 정직하지 못하다고 평가한다. 그러나 솔직히 생각해보자. 예를 들어 아이에게 화를 내며 "네가 이렇게 했니?"라고 물을 때 아이가 정직하게 "네."라고 대답한다면, 그래서 아이가 욕을 먹거나 얻어맞는다면 이제부터 아이는 당연히 손해를 입지 않으려고 진실을 단념하게 되지 않겠는가?

발달심리학은 수백만 년의 진화의 역사에 뿌리를 둔 한 인간의 행동이 오늘날 우리에게 어떤 영향을 미치는지를 연구하고 있다. 어떤 모범이 유전적으로 인간의 본성에 설치되어 있다고 본다.

나는 지금 그것을 증명하려는 게 아니라 수천 년 된 여성 멸시와 남성 존중이 우리의 행동 메커니즘과 자기평가의 토대로 작용한다는 사실을 밝히려는 것이다. 여성에 대한 경멸과 사물화는 여러 가지 다른 방식으로 이루어지지만 끊임없이 일어나고 여성의 자의식과 삶에 대한 감정에 막강한 영향을 미치고 있다.

누군가 당신에게 〈늙은 마녀〉라고 욕하거나 조롱하면 칭찬으로 받아들여야 한다. 그것은 원래 현명하고 과학에 정통한 여자를 뜻하는 말이었기 때문이다.

세상이 여자들을 그렇게 취급하기 때문에 여자들은 거짓말의 소용돌이 속에서 주목받고 인정받고 존중받기를 갈망하기 때문에 지독한 거짓말을 한다.

♣ 여자들은 오르가즘을 가장한다.
♣ 여자들은 "당신이 최고야."라고 말한다.
♣ 여자들은 원더 브래지어로 가슴을 커 보이게 만든다.
♣ 여자들은 코르셋으로 배를 조인다.
♣ 여자들은 굽이 높은 구두를 신어 다리가 길어 보이게 한다.
♣ 여자들은 주름살을 감춘다.
♣ 여자들은 지방 흡입술과 성형수술을 받는다.

이 모든 것은 여자들이 진정한 사랑을 기대할 수 없고 그들의 본성은 옳지 않다는 관념을 조장한다. 여자들은 외모와 본성을 감춰야 하고, 자신의 본성이 아닌 것, 갖고 있지 않은 것을 과시해야 한다고 믿는다. 여자들은 존재하지 않는 자아를 만든다.

여기에 개인적인 체험이 덧붙여져 부모가 요구하는 특정한 조건이나 욕구를 채워야만 사랑 받을 수 있다고 가르치면 이 모든 거짓말 속에서 자아를 발견한다는 것은 교조주의라는 건초더미 속에서 바늘을 찾는 것과 같다.

마리 폰 에프너 에셴바흐의 말은 이것을 궁극적으로 명료하게 해 줄 것이다. "다른 사람들의 마음에 드는 것이 여자들의 삶의 가장 고귀한 목적이라고 가르치는 한, 여자들에게서 진실을 요구할 수 없다."

억압

여기 인용한 여성에 대한 경멸과 교조주의와 온갖 거짓말들과 더불어 우리는 살아야 하고 대처해야 한다. 그러나 그 모든 것들이 여자들로 하여금 생각, 감정, 욕구에 대해 침묵하는 쪽을 택하게 할 뿐만 아니라 억압하게 만들기도 한다.

어떤 선택도 할 수 없고 완전히 무력한 상황에 처해 있다면 억압이 도움이 된다. 무엇인가를 참을 수 없고 정신적으로 견딜 수 없다면 억압이 도움이 된다. 따라서 억압은 살아가는 데 굉장히 중요한 도구이다.

날마다 매스컴에서 듣는 온갖 뉴스를 모두 의식에 수용한다고 상상해 보라. 전쟁에서 처참하게 찢긴 시체들의 사진, 환경오염, 비행기나 열차 사고, 여행이나 성, 심지어 현관문을 열 때 닥칠 수 있는 위험에 대한 정보 등 그 모든 것을 의식에 그대로 담고 있다면 살아갈 힘을 잃고 말 것이다.

매스컴 시대에 매우 중대한 정보의 홍수를 처리하는 것만으로도 힘들어 걸러 내지 않을 수 없다. 일상생활을 살아가기 위해서는 영혼을 짓누르는 정보는 배제해야만 한다. 그것을 대규모로 해야 한다면 우리는 당연히 우리의 본능, 충동, 욕구로부터도 점점 더 멀어질 것이다. 나쁜 감정들을 근본적으로 배제하고 좋은 감정들은 원칙적으로 보존한다는 게 불가능하기 때문에 본능, 충동, 욕구도 말하자면 같이 억압되는 것이다. 선택적인 억압은 불가능하다.

우리는 또한 살아남기 위해 때때로 위장할 수밖에 없다. 외적 경험을 심리적으로 처리하는 데 있어서 이 행동은 전형적이며 일종의 방어 메커니즘이다. 그러나 그것은 또한 불건전한 상황을 변화시키려 하지 않고 계속 유지하려는 태도로 이끌 수도 있다.

"남편은 나를 때리지만 고의적인 것은 아니다. 그는 나를 사랑한다!"라는 환상은 폭력을 더 잘 참을 수 있게 하겠지만 변화시켜야만 하는 비인간적인 삶의 조건을 영속시키는 게 된다.

중대한 사고나 발작, 치명적인 질병의 진단이 내려지면 사람들은 항상 처음에는 방어적으로 반응하고, 짧은 시일 내에 완전히 치유

되리라고 생각한다. 시간이 흐른 후에야 심리적으로 진실과 마주할 수 있게 된다.

이혼 후에 여자들은 흔히 남편이 곧 크나큰 실수를 깨닫고 자기에게 돌아오리라는 믿음에 집착한다. 그래야만 우선 이혼의 충격을 견딜 수 있다. 환상은 서서히 깨어지고, 언젠가 스스로 자기 기만에서 벗어날 때 현실을 받아들이게 된다.

자기 기만은 자신의 내적 체험에 관련되며 영향을 미친다. 질병 진단에 대한 진실이 신체적 치유과정에 어떤 영향을 미치는가에 대한 연구가 있는데 환자에게 진실을 말하지 말라고 충고하는 의사들이 있다. 치유가능성에 대한 환자의 희망과 꿈은 치유과정에 긍정적인 작용을 하기 때문이다.

이른바 플라시보 효과인 것이다.

정신과 의사들도 이제는 억압된 삶의 내용을 가차없이 파헤치는 것을 치료 수단으로 주장하지 않는다. 삶의 기만은 그것이 지속적인 기만이나 곤란한 상황을 만들지 않으면 진통제가 될 수 있다. 가령 여자들이 자신의 삶의 현실을 스스로에게 지속적으로 속이고 간절한 욕구 충족을 하지 못함으로써 신체와 정신 건강 유지에 실패하면 물론 대가가 크다. 똑바로 걷지 못하고 계속 목발을 짚고 다니는 것과 같다.

그러므로 모든 일과 타협하는 것은 환영할 만한 일이 아니다. 자기소외나 자기부정으로 이끌어 가기 때문이다. 그에 대해 카타리나 로만은 다음과 같이 말한다.

"전통적인 여성의 역할은 주지하다시피 늘 자신의 욕구를 부인하는 데 있었다. 여성이 미치지 않은 것은 자신이 아무 능력도 없다고 스스로를 속이는 능력 덕분이었다."

다른 사람들이 나의 욕구라고 규정지은 것을 정말 내 자신의 욕구라고 생각하게 만드는 토대는 이미 마련되어 있다. 다음과 같은 방식으로 말이다. "다른 사람들의 마음에 들기 위해 나는 무엇이든 한다. 잡지의 표지모델이 되는 게 여자의 지상목표이다." 또는 "50kg이어야 나는 행복하다. 50kg이 되면 내 인생은 아무 문제가 없을 것이다." 또는 "나는 여자니까 아기를 낳고 싶다. 아기를 낳으면 회의나 갈등 없이 무한정 사랑하겠다."

여자는 원래 타고난 모성본능이 있다느니, 아기를 낳고 싶어하는 소망이 여자들의 유전자에 프로그램 되어 있어 여자들은 그것을 실현시키려 노력하며 아이를 낳으면 말할 수 없이 행복하게 느낀다느니, 모든 것을 요구하는 존재인 아이 양육에 자신의 전 자아를 바치면 어머니로서의 행복을 결코 놓치지 않게 된다느니, 이 모든 것이 여자의 타고난 천성으로 간주되면, 그렇게 느끼지 않는 여자는 자신이 어쩐지 〈옳지 않은〉 사람이라고 느끼게 될 것이다.

엘리자베스 바딘터는 〈모성애〉라는 감정이 어떻게 사회적으로 구성되는지에 대해 자세히 논술하고 있다. 결코 늙고 싶지 않다는 것이 모든 여자들의 타고난 욕구이며, 늘 몸무게와 싸우고 항상 다이어트와 운동을 하며, 힘들게 번 돈을 값비싼 주름방지크림과 몸의 결점을 가려주는 옷을 사는데 지출한다는 것은 의심스러운 주장이다. 이것은 여자들을 조종하고 많은 돈을 벌 수 있는 매우 성공적인, 순전히 교조주의적으로 주입된 욕구이다. 그러나 자연스러운 것이 아니라 의심의 여지없이 인위적으로 만들어진 욕구이다.

심리학자인 클라리사 핀콜라 에스테스는 『늑대와 함께 달리는 여인들』이라는 책에서 본래적인 여성적 본능으로부터 단절된 여성의 상태를 인상적으로 묘사했다. 에스테스는 자신의 광범위한 진료경험을 토대로 묘사했는데 실제로 프로이트만큼이나 인상적이다.

우리는 신체적·정신적 부당함을 당해도 늑대처럼 울부짖지 않는다. 매일 정상적으로 태연하게 일어나기 때문에 흔히 전혀 부당하게 생각하지 않기 때문이다. 오히려 반대로 여자들은 우선 그 원인을 자신한테서 찾는다. 어찌되었든 결국 여자들에게 잘못이 있기 때문이다.

내 진료실을 찾아오는 환자들 중 많은 여자들은 남자와의 관계, 육아, 일을 완벽하게 잘 해내지 못하면 자신에게 문제가 있지 않은

지 자문한다. 더 나아가 그 모든 것을 좋은 기분으로 기뻐하며 아주 멋지게 성취하라는 것이 정당한 요구라고 생각한다. 그러나 계속 그렇게 할 수 있는 사람은 아무도 없다.

경영인들은 동시에 이렇게 많은 일을 하면 높은 급료를 받고, 이렇게 전력을 쏟으면 몇 년 후에는 직업병에 걸릴 것이다. 우리는 매일 아름답고 멋진 성공한 여자들의 사진을 보며 세뇌 당한다. 그 여자들은 요술처럼 결코 늙지 않고 지치지도 않고 구두를 신고도 발이 붓지 않는다. 그들은 몸무게가 50kg밖에 안 되는데 그나마 상당한 부분이 주로 가슴에 몰려 있다. 이 여자들은 쉽게 일에서 성공하고 멋진 애인이며 게다가 훌륭한 어머니이기도 하다. 이것은 순전히 사기이다.

여자들은 멸시와 차별의 수천 년 역사의 영향 아래 서 있다. 여자들은 이것이 역사일 뿐만 아니라 멸시와 차별의 얼굴이 끊임없이 변하고 있다는 것을 안다. 여성 매매, 강간, 빙산의 일각에 불과한 일상적 성차별을 생각해보라. 여자들은 이 역사와 실제적인 감시의 영향하에 자신의 감정과 욕망으로부터 극적으로 단절되어 있다. 그들은 성적 욕구와 그들의 성을 왜곡시키는 감시하에서 진정한 성적 정체성을 찾아야 하고, 상황에 따라서는 그들의 성에 대한 통념적 규범과 교육에 대항하며 살아야 한다. 이러한 노력을 그들은 때로는 비밀스럽게 해야 한다. 그에 따른 징벌을 생각하지 않을 수 없었고 지금도 그렇기 때문이다. 그들은 성적 경험을 영웅적인 행동으로 떠벌리지 않는다.

　그러므로 여자들이 외도를 고백해야 하는가, 아니면 비밀로 해야 하는가를 제안하는 문제는 답하기 어려운 문제이다. 외도를 어떻게 처리할까 하는 문제는 외도 자체만큼이나 다양한 내적, 외적 요인에 의해 좌우된다. 이것을 신중하게 검토하는 일은 개인적인 결정에 매우 중요한 의미를 지닐 수 있다.

여성의 욕망

통념의 영향력은 막강하다. 과학이 만든 고정관념이든 매스컴이 쉬지 않고 퍼뜨리는 상투적인 관념이든. 자신을 완전히 포기하지 않으려면 자기 기만과 어쩔 수 없는 거짓말처럼 무엇인가를 극복하기 위한 전략은 불가피하다. 여자들이 자신의 진정한 자아와 진정한 생활방식을 추구하려면 외부로부터의 많은 영향과 위험을 피하거나 그것들을 인식하고 거부해야 한다.

진리인 양 생각하게 만들려는 조작, 이른바 법칙들 및 의견들이 문제이다. 우리의 눈과 이성을 특정한 방향으로 훈련시키고 우리로 하여금 믿게 만드는 사진들과 규범들이 문제인 것이다. 그것은 저렇다. 나도 저렇게 되어야 한다. 성문제에 있어서도 여자들에겐 일 정한 규범이 강제되고, 개인적인 방식으로 사랑하고 욕망하면 파멸 한다고 조작하는 것이다.

철학자 요한 고틀리프 피히테는 1796년에 이렇게 썼다. "단정한 여자들은 성욕을 표현하지 않으며 성적인 충동을 품지도 않는다. 그들에겐 오직 사랑만 있다."

피히테는 오래 전에 죽었지만 그의 견해는 오늘날에도 여전히 주 장되고 있다. 그 점에 대해 성직자들이나 프로이트학파를 인용할 필요도 없다. 이 책에 소개한 인터뷰의 내용만 생각해보라. 여자들 을 어머니와 창녀, 마리아와 이브로 구분하는 행동이 아직도 계속 되고 있지 않은가. 그에 따르면 사랑하는 여자(그리고 어머니)와 타 락한 여자, 창녀가 있다. 여자가 한 남자에게 묶이면 더 이상 성적 인 존재로 여겨지지 않는 게 많은 여자들의 운명이다. 게다가 엄마 가 되면 여자의 무성성(無性性)은 더 커진다.

에블린과 케르스틴은 남편과의 성생활이 사라진 과정을 자세히 설명했다. 아기를 낳은 직후의 여자들이 흔히 거절하는 것과는 달 리 두 사람의 경우에는 남편 쪽에서 욕구가 없어지거나 거절했다. 젠타는 아기를 낳지는 않았지만 결혼 후 남편이 분명하게 성에 무 관심해진 것 때문에 괴로워하고 있었다. 이 세 여자 중 두 사람은 이 이유로 외도를 했고 한 사람은 그 때문에 이혼했다.

오랜 결혼생활에서는 성적 매력이 어쩔 수 없이 사라지고 잘 되어가는 경우에는 일종의 친밀감으로 대치된다는 주장은 많은 사람들의 지지를 받고 있지만 나는 동의하지 않는다. 물론 많은 부부들의 경험에서 확인되기는 하지만 나는 그것이 필연적이라고 생각하지는 않는다. 오랜 세월 같이 산(20년 동안 같이 산 부부의 경우도 있다) 부부들도 여전히 자주 활기차고 충만하고 기쁨에 넘친 성생활을 영위하는 경우가 있다. 이런 부부들에게서 그 이유를 규명해보는 것도 의미 있을 것이다. 그러나 어떤 답이 나오든 거짓이라고 치부해버릴 것이다!

부부의 사랑을 플라토닉 한 것으로 환원시키는 이런 태도는 여성을 성적 대상으로 보는 견해와 완전히 반대되는 것이다.

매춘부 협회 히드라에 대한 연구에 따르면 매춘부를 찾는 남성이 하루에 120만 명이라고 한다. 이 숫자에 독신인 남자들만 포함되어 있다고 보기는 불가능하다. 또한 이 숫자에는 포르노 공연이나 핍 쇼를 관람하는 사람들이나 폰섹스를 하는 사람들은 포함되어 있지 않다!

앞에서 안네가 남편은 자신의 엉덩이에 관심을 보이지 않지만 다른 남자들에게는 도발적으로 보였으며, 남편은 다른 여자들의 엉덩이에 관심을 보였다는 이야기를 했던 것을 기억할 것이다. 부부관계에서 남편의 성적인 관심이 없어지고 남편이 아내에게 어머니나 누나의 역할을 기대하지 않는다면 여자들이 스스로 성적인 대상으로 보여지기를 기대하지 않을 것이다. 아마도 여자들은 이런 사회적 거짓말에 자기 기만을 더 보태지 않고 본래적인 욕구로 돌아가 아내나 어머니가 되려고 할 것이다.

남자들의 경우는 다르다

"사내아이는 저래야 돼!" 사내아이가 거칠고 위험한 짓을 즐기고 소란스럽게 떠들어대며, 거친 운동을 하거나 힘으로 저항하거나 방어하면 이렇게 말한다. 성장하여 이 여자 저 여자와 돌아다녀도 "사내애는 저래야 돼!"라고 말한다. 그러나 남자들도 가능하면 혈기를 억제해서 나중에 무분별하게 날뛰지 않게 해야 할 것이다. 어른이 되어 다시 외도를 하고 유곽을 드나들어도 "남자는 저래야 돼!"라고 말한다.

그러나 여자아이들은 얌전해야 하고 조심스러우며 자신의 충동을 잘 억제하고 동화 속의 왕자님이나 상상하고 동생들을 돌보고 자신의 욕구는 억눌러야 한다. 게다가 여자아이들은 임신할지도 모르니까 첫 성관계(물론 나중에도)를 매우 조심해야 한다.

에이즈 감염의 위험은 아직도 깊이 인식되어 있지 않다. 매춘부와의 관계에서 콘돔을 사용하지 않으려는 남자들의 수가 많은 것을 보면 남자들이 그 위험성을 아직도 마음 깊이 새기고 있지 않은 것을 알 수 있다.

여자들은 섹스를 위해 누군가를 불러오는 것은 말할 것도 없고, 무분별하게 몸을 허락해서는 안 된다고 교육받는다.

여자들은 자신이 그런 욕구를 갖고 있을 수도 있다는 가정을 하지 않는다. 여자들은 창녀나 누구나 쉽게 가질 수 있는 여자라는 평판을 두려워한다. 세상에는 얌전한 여자와 타락한 여자만 있기 때문이다. "착한 여자는 천국에 가고 못된 여자는 아무 데나 간다."라는 말이 있듯이 오늘날에도 여전히 여자가 동시에 여러 남자와 관계하거나 짧은 간격으로 여러 남자와 관계를 가지는 것은 여성적인 특징이 아닌 것이다.

다른 분야에서도 여자들은 남자들과 같은 일을 해도 완전히 다른 평가를 받는 데 익숙하다. 여자들이 무엇인가를 더 잘해도 언급되지 않거나 왜곡되거나 부정된다. 예컨대, 여자들이 지도자적인 위치를 차지하려고 할 때 그들은 남자만큼 이성적이지 않기 때문에 거짓말을 한다고 조작된다. 그러나 학교에서 여학생이 남학생보다

지능검사에서 더 높은 점수를 받는다는 사실은 이미 오래 전에 증명되었다.

여자들이 어머니이든 직업을 가진 여성이든 조직력, 유연성, 다재다능, 시간 관리, 자기 관리, 많은 일을 처리하는 능력 등, 훌륭한 경영인으로서의 모든 능력을 가지고 있음은 분명하다. 그럼에도 불구하고 여자들은 어렸을 때부터 자신의 재능을 겸손하게 감추도록 훈련받는다. 많은 직업에서 여성과 남성이 같은 일을 해도 여성이 불리하게 차별적인 급료를 받는다.

여자들 스스로도 남편이나 사회가 그렇듯이 자신의 능력과 성과를 과소평가한다. 그러므로 여자가 남자와 똑같은 일을 해도 전혀 똑같은 일이 아니다. 그것은 불합리하지만 집요하게 주장되고 있다! 외도의 경우에도 마찬가지이다.

자신도 외도를 했던 남자가 아내가 외도를 했을 때에는 경악하여 미칠 듯이 화를 내며 절대적인 확신을 갖고 "하지만 이건 완전히 다른 문제야!" 하고 외치는 경우가 있다. 다른 문제이기도 하고 그렇지 않기도 하다.

우선 왜 다른 문제인가를 생각해보자. 사회규범이 여자들의 경우에는(남자들과는 정반대로!) 많은 남자와 관계하려는 욕구를 갖는 게 부당하다고 생각하므로 여자들 자신이 외도하는 여자들에 대해 남자들의 경우와는 다르게 생각한다. 외도를 하려는 여자들은 자기 자신의 편견과 사회적 비판을 극복해야 한다. 그래서 여자의 외도는 남자의 외도와 매우 다르다.

여자들이 이런 욕구를 충족시킬 만한 시설이 남자들처럼 많지 않다. 여자들을 위한 유곽이나 남자들이 포르노 공연을 하는 곳이나 그런 종류의 인터넷 사이트도 훨씬 적다. 이런 섹스산업을 어떻게 평가하든 간에 그에 대한 욕구는 오직 남자들에게만 인정되고 그래서 남자들은 여자들과 다르다.

문학작품에서는 간음을 한 여자는 한결같이 벌을 받는다. 남편에게 벌받지 않으면 여자 스스로 죄의식과 수치심에서 자신을 벌한다. 보바리 부인이나 언론에 보도되는 많은 간통사건만 생각해 봐도 그렇다. 훨씬 더 많은 남편들의 경우에는 간통한 아내를 죽이기도 하고 연적과 아이들까지 이 복수극에 포함시킨다.

그러나 여자들은 남편의 간통을 참고 견디며 고통스런 희생자의 역할을 떠맡는다.

루소의 글에서 그에 상응하는 요구를 발견할 수 있다.

"여자들은 남편에게 순응하고 남편의 부정까지도 불평 없이 견디도록 창조되었다."

이 모든 관점에서 보면 당연히 여자들의 외도는 남자들의 외도와 완전히 다르게 생각된다. 오랜 옛날부터 여자의 경우에는 정열과 처벌이 결합되어 있기 때문에 여자들의 외도는 남자들의 외도와 분명히 다르다. 남자들의 경우에는 정열이 처벌과 결합되어 있기는커녕 남성적인 힘과 결합되어 있다. 더 많은 여자들을 정복할수록 그의 능력과 남성성은 더 높이 평가된다. "넌 여복이 많구나." 또는 "금발이든, 갈색 머리든 나는 모든 여자를 사랑해."

이런 말을 늙은 남자가 해도 조금도 비난받지 않는다. 이 점도 여자와 다르다. 여자들에 대해서는 일정한 나이가 되면 외도는 말할 것도 없고 욕망이 있을 것이라고 추측하지도 않는다. 하지만 남자들의 삶의 위기 국면에는 구애와 성의 대상을 통한 자기 가치 상승이 결합되어 있다. 이른바 중년의 위기는 흔히 부인을 젊은 여자로 바꾸는 형태로 나타난다. 늙은 남자들이 아주 젊은 여자를 아내로 얻은 것을 자랑하는 경우가 드물지 않다. 상류사회에서는 아주 흔한 일이다.

왜 그런지는 몰라도 그것은 널리 퍼진, 거의 정상적인 현상이다. 유명한 늙은 남자가 같은 나이의 여자와 결혼하거나 한 여자와 오래 사는 것은 낯선 현상(또는 공처가가 아닐까?)이다. 늙은 여자가 아주 젊은 남자와 결혼하는 일은 드물 뿐만 아니라 관대하게 받아들여지지 않고 추문에 속한다.

남자가 혈통을 보존하기 위해 자신의 정자를 출산능력이 있는 여자에게 줘야 한다는 남자들의 주장(왜 그런 이유를 내세우든 간에)을 들으면 불가피하게 이런 반박이 떠오른다. "출산능력이 있는 여자도 건강한 종족보존을 잘 알텐데 젊은 정자보다 늙은 유전자에게 우선권을 주는 것일까?" "왜 여자도 인생에서 소중한 짧은 기간에 수태의 기회를 높이기 위해 많은 남자들과 교제해서는 안 될까?" 우리가 진화론적 조건을 동기로 내세운다면 남자에게나 여자에게나 똑같이 적용해야 할 것이다. 이 문제에서도 동등한 논쟁방식을 바란다.

여자들도 나이 들어가는 것을 괴로워한다. 물론 개인적인 위기관리 방식은 남자들과 매우 다른 것 같다. 늙는다는 것 자체가 여자들에게는 공개적으로 논의되는, 방식이 완전히 다른 테마이다. 영원히 젊은 상태로 있는 잡지모델이나 유명한 여배우가 늙지 않는 비결을 공개하는 것만 봐도 여자들이 늙지 않아야 한다는 것은 자명하다.

16살인 모델은 25살쯤 되어 보이게 화장을 한다. 나이든 여자들은 젊어 보이게 화장한다. 그렇다면 20살에서 35살 사이가 아닌 여자들은 어떻게 해야 하나? 그들은 존재하지 않는다. 반대로 남자들은 나이가 들면 경험, 원숙함, 매력 등등의 이미지를 갖는다.

사실 여자들도 젊은 애인을 갖거나 영원히 젊어 보이고 싶은 충분한 이유가 있을 것이다. 그러나 여자들은 위기를 스스로, 또는 친구들과 함께 극복하는 경우가 많다. 그것은 아기 때부터 온갖 괴로움 — 자다가도 자주 일어나고 자신의 욕망을 억제해야 하고 — 을 해결하는 방식이었다. 그러므로 많은 여자들이 늙은 남편을 젊은 남자로 바꾼다면 정말 완전히 다른 문제일 것이다.

물론 그런 일도 이따금 일어난다. 콜보이를 부르는 여자들도 물론 있다. 이러한 행동은 물론 남자들에 비해 훨씬 적으며 다른 방식으로 평가된다. 아내가 남편을 기만하면 남편은 자신이 외도했을 때와는 문제가 완전히 다르다고 생각하는 것은 그러한 점에서도 매우 유사하다. 그러나 그러한 생각은 무엇보다도 여자들은 항상 마음을 다해 사랑한다는 추측으로 강화된다. 여기서 사랑이란 성관계를 의미한다. 여자들의 경우에 순전한 성욕이란 것은 여전히 사회적으로 용인되지 않는다. 그런 여자들은 창녀라는 비난을 받는데 그것은 주지하다시피 성욕이 아니라 돈벌이인 것이다.

남자들에겐 왕성한 성욕이 인정되고 여자들에겐 숭고한 사랑의 능력이 상정된다. 이런 관념을 가진 남자가 아내에게 기만당하면 당연히 문제가 다르다.

이제 문제가 다르지 않다는 관점을 생각해보자.

이 책에 인용된 아주 정상적인 여자들을 살펴보면 그들은 정부나 하룻밤 상대에 대해 인생의 위대한 사랑과는 완전히 다른 감정을 품고 있다. 그들이 외도하는 여러 가지 이유 중에는 단순한 욕망, 자신도 남자에게 매력적으로 보이기를 바라는 마음, 자기 확인, 복수, 우연한 기회 등등이 있었다. 그들은 자신의 외도를 낭만적이고 위대한 사랑 ─ 여자들은 모든 성관계에서 이런 느낌을 갖는다고 흔히 상정되지만 — 으로 꾸미지 않았다. 객관적으로 보면 남자의 경우와 크게 차이가 없다는 뜻이다. 그러나 남자들은 그런 생각을 하지 못하기 때문에 자신이 기만당했다고 생각한다. 그러나 남자들은 자신이 외도를 한 경우에는 완전히 다른 문제라고 생각한다. 자신이 불성실한 사람이 아니라 자신의 성기 혼자 독립적인 활동을 한 것이다.

피트만에 따르면 다음과 같은 자기 기만들이 있다. "출장중에 한 짓은 문제되지 않는다. 점심시간에 한 짓은 문제되지 않는다. 아내의 침대와 외도 사이에 5시간의 간격이 있으면 문제되지 않는다. 아내가 캐묻지 않으면 남자는 말할 필요가 없다. 한 달에 단 두 번 외도하는 것은 문제되지 않는다. 이러 저러한 상황에서 한 것은 문제되지 않는다."

여자가 그런 짓을 하면 문제가 되고 기만행위이다. 사실 결혼생활을 오랫동안 한 남자들이 여러 번 사랑에 빠지고 그 여자들과 다소간에 매우 깊은 관계를 갖는 경우가 있다. 그러나 아내가 그런 행동을 하면 남자들은 화가 나서 온갖 죄를 뒤집어씌우고 이혼한다.

분명히 여기에도 자신과 다른 사람에게 완전히 다른 판단기준을 적용하는 것이다.

사회적인 규범은 남자들에게 도움이 되는 수많은 판단기준을 제공한다. 남자들에게 날조된 감정의 분열이 축적되고 그들의 욕구를 여자를 통해 곧장 충족할 수 있는 것이 그러한 사실을 설명한다. 데모스테네스는 이렇게 말했다. "창녀는 우리의 즐거움을 위해 필요하고, 첩은 매일 시중을 받는 데 필요하고, 아내는 아이를 낳고 집을 성실하게 관리하는 데 필요하다."

최근에도 '맘보 넘버' 라는 노래가 오랫동안 인기 차트에 올라 있었는데 그것은 한 남자의 환상을 노래한 것으로 "내 인생에서 모니카와 한동안 밤을 보내고 제시카와 한동안 밤을 보내고 산드라와 한동안 밤을 보냈으면…" 하고 소원하는 내용이다. 이 사람은 이 여자 저 여자와 잠시동안 지내는 것으로 자신의 인생을 구성하는 것이다. 남자들은 열렬히 공감하여 축제 때마다 일주일 내내 이 노래를 소리 높이 불렀다.

이 책에 소개한 인터뷰에서 알 수 있듯이 여자들도 흔히 한 남자만으로 충분하지 않다. 여자들은 부부관계에서 무엇인가가 부족하다고 느껴 그것을 외도에서 보완하는데, 대개의 경우 광적인 사랑에 몰입하거나 양심의 가책 때문에 다리에서 투신자살하지도 않는다.

다시 데모스테네스처럼 이야기하자면 여자들도 아이들 양육을 위한 남자, 욕망을 위한 남자, 어쩌면 대화를 나누기 위한 남자가 필요하다고 말할 수 있을 것이다. 누가 어떤 역할을 맡을 것인지, 애인과 친구에 대한 논의는 어떻게 읽힐 것인지는 알 수 없다.

한 사람이 두 가지를 모두 만족시킬 수 있다면
Two in One

인터뷰한 여자들의 이야기에 따르면 특정한 기능들을 여러 남자들에게 분배하는 것을 이상적인 상태로 바라지 않았다. 이 여자들의 '맘보 넘버5'는 아마 '라이너의 한 부분, 케르스텐의 한 부분, 게르트의 한 부분이 한 남자에게 결합되어 있는' 상태를 원하는 내용일 것이다. 원래 이 노래의 가수는 자신의 인생에 여러 여자들을 원한다. 그러므로 그는 한 여자에게서 모든 것을 얻는 상황을 받아들일 준비가 전혀 되어 있지 않고, 자신의 욕구를 만족시키기 위해 여러 여자에게서 약간씩을 얻고 싶어한다.

여자들의 소원보다 분명히 이 남자의 소원이 이루어지기 쉬울 것이다. 언젠가 어떤 여자가 이런 말을 했다. "여자들은 남자를 계획안 (프로젝트)으로 생각하고, 남자들은 여자를 대상으로 본다." 이 지혜로운 말을 음미해 보면 아마 자신의 관찰과 놀랍게 일치하는 것을 인정하지 않을 수 없을 것이다. 데모스테네스는 남자들이(물론 언제나 예외는 있지만) 여자들을 여러 가지 욕구충족의 대상으로 보고 이용하는 것을 그보다 더 간단하게 잘 요약할 수 없었을 것이다.

한 여자는 아이들의 어머니가 될 만큼 성실하고, 또 한 여자는 욕망을 위해 매우 섹시하다. 어느 한 가지 용도에 여자가 필요하면 이런 관점에서 주위를 둘러보면 된다. 한 여자가 이 기준에 맞지 않으면 다른 여자를 찾으면 된다. 그러나 여자들은 자기 앞에 있는 남자를 모든 요구에 알맞은 사람으로 변화시키려는 경향이 있다. 그런데 그 남자는 성실하고 신뢰할 만한 사람이어야 할 뿐만 아니라 자극적이고 자유로워야 한다. 그는 내 말만 잘 들으면, 치료만 받으면, 부부상담실에 나와 함께 가기만 하면 아버지로서, 친구로서, 애인으로서의 자질을 지닐 수 있다!

상담실에서 남자들은 아내가 자신에게 무엇을 바라는지 이해할 수 없다고 호소한다. 여자들은 늘 이야기하고 싶어하고 끊임없이 고쳐야 할 점을 발견한다는 것이다. 남자들은 정말로 자신이 교육안 취급을 받는다고 느낀다. 그러다가 어느 날 남자들은 완전히 귀를 막아버린다. 그러면 여자들은 당연히 할 수 있는 온갖 수단을 동

원하여 남자를 변화시키려고 더 열심히 애쓴다. 정말 힘든 일이다.

셔릴 버나드와 에디스 슐래퍼는 『많은 경험을 하고도 아무것도 이해하지 못했다』라는 저서에서 반성과 대화로 변화시키려는 명제를 버리라고 충고한다. 버나드와 슐래퍼는 여자들이 남편을 재교육하고 순화시키려는 일에 몰두하지 않으면 훨씬 더 많은 에너지를 자신을 위해 활용할 수 있다고 말한다.

여자들이 관계 자체를 객관적으로 보기 시작하면 이 관계를 삶을 더 아름답고 편안하게 만드는 과정으로 볼 수 있게 된다. 그러기 위해 여자들은 좀더 냉정하고 이기적으로 될 필요가 있다. 관계가 정말로 어떠한지 이해해야 한다. 앞에서 본 바와 같이 여자들은 자신의 욕구도 알아야 하고 자신을 공정하게 보고 그에 맞게 행동하고 선택해야 한다. 여자들은 상황과 사람을 〈아름답게 사랑하기〉나 다른 한편으로 자신의 소망을 소홀히 하거나 억제하기를 그쳐야 한다. 여자들은 남편이 이렇기만 하면 부부관계는 이렇게 될텐데, 자신에게 남편을 변화시킬 능력만 있다면 이렇게 될 텐데 하고 꿈꾸기를 그만 두어야 한다. 그래야만 관계를 있는 그대로 받아들일 것인지, 헤어져야 할 것인지 하는 중요한 결론을 이끌어낼 수 있고 더 이상 모든 에너지를 교육에 헛되이 탕진하지 않을 수 있다.

인터뷰한 여자들을 다시 생각해보자.

케르스틴은 남편이 자신을 우선 어머니로서가 아니라 아내로서 대해 주기를 요구하며 여러 달 동안 괴로운 투쟁을 했다. 아무 소용이 없었다! 에블린은 딸을 낳은 후에 자신의 욕망을 다시 충족시키기 위해서 울고 소리치고 검은 색 속옷도 사고, 남편과 여러 시간 이야기도(또는 독백이었을까?) 했다. 아무 소용이 없었다! 젠타는 6년 후에 결국 남편과 성에 대해 이야기하는 것조차 단념했다.

힐트루트는 남편을 정직한 사람으로 변화시키려 했지만 남편은 변하지 않았다. 안네가 자신이 식탁 위에서 나체로 춤을 춰도 남편은 눈도 깜짝하지 않을 것이라고 말하는 것으로 보아 그녀는 가능한 모든 것을 해보았지만 본질적으로 변한 것은 아무것도 없다는 사실을 절감하고 있음을 짐작케 한다.

그러나 이제 이 여자들이 대화를 요구하고 바로잡으려는 노력을 그만 두었다고 한 번 상상해 보자. 그들이 상황을 분석하고 이것은 좋고 저것은 받아들일 만하고 어떤 것은 결함이라고 인정한다고 상상해 보자. 그들이 아직도 예민하고 솔직함과 친밀감을 쟁취하려고 괴로워하고 자기비판으로 괴로워하는 여자일까?

많은 여자들이 자신이 무정하고 경솔하고 냉담하다는 비판을 받을까봐 무척 두려워한다. 불만에서 벗어나는 길은 단지 감정적인 노력밖에 없을까? 교육과 괴로움 외에 세 번째 가능성이 있을까?

몇몇 여자들은 외도를 택했다. 그들은 헛된 노력을 단념하고, 버릴 수 없고 버리고 싶지 않은 자신의 소망을 더 이상 포기하지 않았다. 에블린은 "더 이상 체념하고 기다리고 불평하고 내 자신을 비판하고 싶지 않았다." 반다는 "늘 내 자신을 억제하고, 왜 내가 이런 소망을 갖고 있나, 이 소망은 정당한 것일까 아닐까를 고민하고 싶지 않았다. 정말 지겨웠다. 그러다가 다른 남자에게서 완전히 편안함을 느꼈다. 그렇게 된 것이다. 그에게는 아무 문제가 없었다. 나는 분명히 모든 게 제대로 되어간다는 편안함을 느꼈다. 나는 이제까지의 삶을 의심하기 시작했다."

마침내 적당한 남자에게 자신을 맞추기 위해 자신의 간절한 소망과 충동, 자신의 존재까지도 조종할 준비가 되어 있는 여자들이 실제로 많다. 예를 들어 한 여자는 자신의 성생활을 가능한 모든 관점에서 분석했다. 어린 시절의 경험, 현재의 욕구, 모든 것을 분석해 보고 자신이 어쩌면 〈맞지 않는 사람〉의 침대에 누워 있는 것 같다고 생각하게 되었다. 그리고 새로운 관계에 들어갔을 때 자신의 유년기와 관계 없이 성이 행복한 것이라는 사실을 갑자기 깨달았다.

두 사람이 사이좋게 살기 위해 흔히 사용하는 또 다른 방법은 남편을 적응시키려는 시도이다. 그러면 남자는 물론 너무 주눅들어서 숨도 못 쉬겠다고 생각하게 되고 대개의 경우 만족스런 결과를 가져오지 못한다. 나는 지금 냉정함을 변호하거나 재미만 생각하고 깊이를 거부하는 비사회적, 탈사회적인 태도를 옹호하려는 것이 아니다. 나는 가치와 사랑을 위한 끈기 있는 노력을 중요시하며, 부부간에 상황을 만족스럽지 않다고 느끼고 개선하려고 노력하면 변화할 수 있는 잠재력이 있다고 생각한다. 그러나 두 사람이 노력해야 한다.

그렇지 않으면 적어도 한 사람에게 소모적인 헛수고가 될 것이다. 그것은 성공으로 이끌지 못하고 흔히 파괴적인 자기비판으로 이끈다. 그렇기 때문에 변화를 위해 여러 해 동안 숨막히게 노력하고 헛되이 소모하는 것보다 자신을 파괴시키는 결합을 단념하는 게 더 나을 것이다. 그 어떤 사람도 우리의 모든 욕구를 만족시켜주기 위해 존재하지 않는다는 사실을 근본적으로 인식하는 게 중요하다. 완벽한 사람은 아무도 없다.

유감스럽게도 우리 사회는 완벽주의, 완전함, 전능을 좋아한다. 그래서 우리는 우리의 관계도 완벽하기를 바란다. 그러나 그것은 실패하게 되어 있다. 행복에 대한 너무 지나친 기대의 무게에 눌려 많은 관계들이 삐걱거린다. 결함을 지닌 채 살 수 있을 것인가, 아니면 다른 곳에서 보상 받을 것인가는 개인적인 결정이다. 다른 사람(여자)을 보상에 이용하는 것은 원래 남자들이 하는 짓이다. 어쩌면 우리도 그들에게서 무엇인가를 배울 수 있지 않을까?

〈이용〉이라는 부정적인 단어는 악용이라는 뜻이 아니다. 완전히 다른 차원의 뜻도 있다!

분명히 남자들도 우리에게서 배운다. 인터뷰한 여자 중의 한 사람은 이탈리아에서 그리스로 가는 배 위에서 한 승객과 짧은 성관계를 가졌다고 이야기했다. 그리스에 도착했을 때 그녀는 당연히 여자 친구와 계획대로 계속 여행하려고 했다. 그러자 그 남자는 자신이 성적으로 이용당한 것 같다고 불평했다. 그녀는 이런 반응을 예상치 못했기 때문에 깜짝 놀랐다. 이것은 흔히 이야기하듯이 정말 역전된 관계이다.

어쩌면 여자들이 헛수고를 덜 하면 남자들과 함께 사는 게 훨씬 쉬울 것이다. 그러나 인터뷰에서 완전히 다른 결과가 나왔다. 많은 여자들이 바라는 것은 사랑과 성을 여러 남자에게 분배하는 게 아니라 두 가지를 동시에 갖춘 한 사람이었다.

이 책에 인용한 여자들 중 몇 사람은 한 남자에게서 남편과 애인을 동시에 찾을 수 있다면 외도를 하지 않을 것이라고 단언했다. 남자들이 자신의 욕망을 나누지 않고, 여자들을 이브와 마리아로 나누지 않는다면 우리는 또한 여자들이 남편, 아이들의 아버지, 재미있는 애인을 원하며, 자신도 아내, 아이들의 어머니, 애인이 되고 싶어한다고 말할 수 있다. 결국 이 소망이야말로 관계를 개선하려는 여자들의 그치지 않는 노력의 원천이다. 그리고 변화시킬 수 없음을 확인했을 때 그들은 다른 사람에게 옮겨갔다.

예를 들어 안네는 자신의 외도를 일부러 남편에게 알려 이혼했다.

그녀는 한 사람과는 8년 동안, 또 다른 한 사람과는 17년 동안 순전히 성적인 관계를 지속했다. 이렇게 오랜 관계 후에 갑자기 그녀는 한동안 아무 남자와도 만나지 않기로 결심했다. 그녀는 친구 같기도 하고 에로틱하기도 한 남자와 살기를 진심으로 원했다. 그녀는 아이를 갖고 싶다는 생각을 해본 적이 없었으므로 아버지나 부양자로서의 기능은 중요하지 않았다. 50살가 넘어서야 그녀는 이 두 가지를 다 가진 남자를 발견했다. 그녀는 지금 행복하고 남편을 속일 생각은 없다고 말한다. 그녀에겐 부족한 게 없다. 정신적인 면과 성적인 면이 잘 조화되어 있는 것이다. 그녀는 관계에서 자신이 원하는 모든 것을 한 사람이 평생 동안 만족시켜 줄 수는 없다는 사실을 그 나이에 깨달은 것이다. 그런데 몇 년 전부터 그런 행복이 자신에게 주어졌으므로 그녀는 자신이 운 좋은 사람이라고 생각한다.

질케는 외도의 이유를 주로 자신의 매력을 확인하기 위해서라고 말했는데 인터뷰할 당시 3년 전부터 한 남자와 사귀었고 1년 전에 결혼한 상태였다. 그녀는 "이 남자가 내게 꼭 맞는 사람이다!"라고 말한다. 그녀는 그들 사이의 행복한 조화에 대해 말한다. 일상적으로 작은 마찰들이 있기는 하지만 두 사람은 많은 점에서 서로 보완해주므로 그녀는 외도는 완전히 잊었다. 그녀는 그 사람과 이제 가정을 이루었고 두 사람은 생활방식이나 여가를 보내는 방식에 대해 공통된 의견을 갖고 있으며 성생활도 매우 만족스럽다. "지금 애인을 갖고 싶다는 생각을 한다면 어리석은 짓이에요. 내겐 부족한 게 없어서 그런 건 필요 없어요. 자기확인 같은 것도 필요 없죠. 나는 이 결혼에 아주 만족하고 있어요. 남편은 늘 나를 칭찬해주고 늘 내게 욕망을 보이며 내가 매력적인 여자라는 사실을 확인시켜 주죠. 우리는 많은 점에서 서로 비슷하고 내가 외도 같은 것으로 이 결합을 위험에 빠뜨리는 짓은 결코 하지 않을 거예요. 꿈에라도 그런 생각은 없어요." 얼마나 행복하고 부러운 여자인가!

그러나 인터뷰한 37명의 여자 중에 단 2명만이 결국 이런 결합에 이르렀다. 모든 여자들이 그런 결합을 바란다고 말했다. 에블린은 남편이 그녀를 아이들의 어머니로서만이 아니라 다시 여자로 보아 준다면 다른 남자는 필요 없을 것이라고 말했다. 젠타는 남편과 성관계 없이 살기로 결심하고 성과 사랑을 혼동하지 않기 위해 다른 남자들과 단지 성적이기만 한 관계를 가졌다. 사실 여자들이 성과 사랑을 혼동한다는 것은 남자들이 자주 하는 비판이다.

반다는 아이를 낳고 싶었고, 아이 엄마가 되어도 남편이 자신을 매력적인 여자로 보아주길 바라는 가운데 두 남자와의 관계가 실패로 끝났고, 세 번째 남자를 통해 마침내 어머니가 되었지만 그녀는 지금도 자신은 어느 한쪽밖에는 못 되는 것 같다고 말한다. 그리고 마지막으로 마리온을 다시 생각해 보자. 그녀는 이상적인 남자를 밖에서 발견했지만 남편 곁에 남았다. 그녀는 그 남자와 결혼함으로써 현재의 친밀한 구조를 파괴하고 싶지 않았던 것이다. 그래서 그는 여러 해 동안 그녀의 애인으로 남아 있었다. 브노아트 그루의 『내 살갗 위의 소금』과 비슷한 구조이다.

소망과 꿈은 흔히 현실의 정반대 극에 서 있다. 소망이나 꿈은 마리온의 경우처럼 일치할 수 없거나 반다의 경우처럼 실현될 수 없다. 많은 사람들이 관계에 대한 소망들은 너무 지나치고 실현될 수 없다고 생각하고 또 어떤 사람들은 "두 마리 토끼를 다 잡을 수는 없다."고 주장한다.

옳은 행동이나 잘못된 행동, 현명한 행동이나 어리석은 행동에 대한 특효약은 없는 것 같다. 타협과 인정을 할 수 있다는 것은 자기 부정이나 현실과의 괴리로 이끌어가지 않는 한 분명히 훌륭한 능력이다. 어느 특정한 시점에는 누구나 자신이 인정한 사실, 또는 인정할 사실을 안고 살 수 있는지 자문하지 않을 수 없다.

답이 〈그렇다〉이면 다시 어떻게 살 것인지를 결정해야 한다. 단념이나 보상을 하기로 결정하면 "보상이 외도인가, 아니면 다른 무엇이 있을까?"라는 문제가 다시 제기된다. 결국 언제나 어떻게 해야 가장 잘 살 수 있을까 하는 문제이다. 여자들이 외도를 어떻게 처리하는지, 자신의 진정한 자아와 어떻게 조화를 이루는가가 다음 장의 주제이다.

융화 — 여자들은 외도를 어떻게 처리할까?

Integration-Wie Frauen das Fremdgehen verarbeiten

그는 내게 어떤 의미를 갖는가?

Was bedeutet er mir?

우리 모두는 아무것도 쓰여 있지 않은 백지가 아니다. 앞에서 〈규정지어진 자신의 모습〉이라는 주제로 어린 시절의 각인의 역할에 대해 살펴보았었다. 여자에 대한 멸시와 여자들의 행위에 대한 부정으로 특징지어진 역사의 영향은 잘 알려져 있다. 사회의 이중적인 도덕률이 여자들의 영혼 위에 검은 천처럼 드리워져 있다.

성녀와 창녀로 구분하는 편견은 — 여자들이 늘 의식하고 있지 않다 하더라도 — 어느 여자에게나 흔적을 남긴다. 여성에 대한 성폭력, 직장에서의 성차별, 일상적인 성차별은 도처에 존재한다. 남성의 구매력은 발가벗은 여자와 온갖 수단에 의한 여성의 상품화에 의해 증대된다.

여성을 성의 대상으로 보는 사회의 영향은 여자들도 피할 수 없다. 남자들의 눈에 띄고 사랑 받기 위해 자신을 꾸며야 한다는 생각은 모든 여자들의 의식 깊숙이 자리잡고 있다. 이 모든 것이 우리의 인격에 영향을 미친다. 개인의 가치관은 무수한 변수에 의해 각인된다.

엄격한 카톨릭 교육을 받은 여자가 마리아를 이상적인 여인상으로 숭배하고, 죄악에 빠지지 않고 자신의 삶을 천사처럼 살아가기로 결심하고, 처녀성을 지켜야 하며 결혼 전의 성관계를 죄악으로 생각하고 결혼에 큰 가치를 두었는데 자신이 어쩌다 외도를 하게 되면 신앙교육을 받지 않은 여자보다 더 당황하고 충격을 받게 될 것이다.

그러나 반드시 카톨릭교도가 아니더라도 성실성을 높은 가치로 여기는 사람은 많다. 설문조사에 따르면 여러 연령층의 사람들이 무엇보다도 배우자의 성실성을 바랐다. 배우자의 외도로 이제까지의 관계구조가 흔들리게 되면 대부분의 사람들은 세상이 무너지는 충격을 받는다.

관계가 위태로워지고 자신의 존재가치, 결혼이나 가정에 안주해 있는 안전감, 미래에 대한 전망, 모든 것이 혼란에 빠진다. 분노, 실망, 상처, 슬픔 외에도 엄청난 불확실성이 생긴다. 배신당한 사람만이 아니라 배신한 사람도 불확실성을 느낀다.

두 사람의 결합은 섬세한 금사(金絲)로 만든 그물과 같다. 그물처럼 섬세한 실들이 서로 다른 방향에서 연결되어 하나의 소중하고 예민한 구조물을 만든다. 두 사람은 관계를 통해 삶에서의 어떤 위치를 체험한다. 관계는 삶의 모든 영역에서 어떤 형태로든 관련되고 구성되며 이른바 '나의 한 부분'이 된다. 물론 '너'와 같이 살아도 나는 여전히 '내 자신'이다. 그러나 나의 자아는 '너'에게 초점을 맞추고 상대방이 나의 행동에 의존하는 것과 마찬가지로 나는 상대방의 행동에 의존한다. 다른 사람이 내게 다가오도록 허락하고 내 마음과 내 삶에 다른 사람이 들어오면 내 자신에 대한 감정도 변한다.

내가 어떤 관계에 들어가려면 나를 활짝 열어야 한다. 사람들은 자신과 세상을 내적으로, 또한 외적으로 상대방에게 관련시킨다. 어떤 사람들은 상처받을까 두려워서, 또는 자유를 잃을까 두려워서 그런 행동을 전혀, 또는 더 이상 감행하지 않는다. 관계는 다소간에 오랜 시간을 두고 형성되며 시간이 흐름에 따라 견고해진다. 관계는 삶을 구성하는 과정이 된다. 이 구조가 때에 따라 제3자에 의해 전체적으로 파괴된다.

두 사람의 구조 안에 갑자기 다른 사람이 침입한 것이다. 그 사람은 적어도 처음에는 외도하는 사람의 감정구조에 침입한다. 아이들이 놀 때 누군가가 새로 들어오면 이전의 구조가 변하고 모든 아이들이 다시 제자리를 잡을 때까지 한참 동안 다시 정리해야 하는 경우와 같다.

인터뷰한 여자들의 경우에도 마찬가지였다. 그들은 이제까지 자신이 있던 길에서 격렬하게 내던져진 느낌을 받았다. 외도는 냉정한 계산으로 이루어지는 일이 아니기 때문에 흔히 당사자에게도 처음엔 외도의 의미가 분명하지 않다. 고백을 한 후에 남편에게 "시간을 달라."고 말하는 것은 이 사건이 일으킨 감정의 혼란이 시간이 지나야 정리가 된다는 뜻이다. 지금 이것은 위대한 사랑일까? 나를 충동하는 것은 순전히 욕망일까? 이 다른 남자는 내 인생에 어떤 의미를 갖는 것일까?

그러나 이런 의문들도 있다. 이런 행동을 한 나는 누구일까? 나는 정직, 성실, 신의를 매우 중요하게 생각하는데 왜 이런 일에 빠져들었을까?

세 번째로 이 모든 것이 결혼생활의 미래에 어떤 의미를 갖는 것인지 자문하게 된다. 한 가지씩 살펴보자.

마리온은 나중에 만난 애인이 하늘에서 정해준 배필처럼 생각되었다. 지상에서의 결혼은 다른 차원을 갖고 있었다. 그녀는 첫 만남에서 이런 느낌을 가졌고 시간이 흘러도 변하지 않았다.

젠타는 첫 외도를 남편과 헤어질 이유로 생각했지만 지금도 여전히 남편과 살고 있다. 처음 느낌의 강도(強度)는 여러 달 동안 계속되었고, 이제까지의 모든 것을 온통 의문에 빠뜨렸다. 시간이 흐른 후에야 그녀는 정사의 진정한 의미와, 그와 더불어 결혼의 가치를 인식하게 되었다. 그러자 첫 인상을 상대적으로 생각하게 되었다.

반다는 새로운 남자를 너무도 사랑하여 이제까지의 모든 것을 버리고 새로 시작할 결심을 했다. 그러나 어느 순간 애인은 새로운 결합에 대한 공포로 뒤로 물러났다. 그녀는 결국 혼자서 새로 시작한 셈이다. 이제 반다는 그 만남이 늘 아기를 낳고 싶어했던 자신의 소망을 확인시켜 주었다고 말한다. 남편은 그녀의 소망을 병적이라고 말했었다. 게다가 그녀는 그 사랑을 통해 여러 해 후에 자신의 성격을 돌아볼 수 있게 되었다. "아마도 나는 너무나 굶주려 있어서 행복과 욕망 때문에 이 사랑의 진정한 차원을 볼 수 없었던 것 같아요."

카롤린은 설레는 마음으로 애인과 휴가에서 돌아왔다. 인터뷰한 여자들 중에서 그녀가 가장 이성적인 사람이고, 이 정사 때문에 가정을 위험에 빠뜨리지 않기로 굳게 결심했지만 그녀는 무척 행복했었고 애인과의 이별을 괴로워했다. 그녀는 때때로 그 사람과의 삶은 어떠했을까 남몰래 상상해보곤 했다. 그녀는 다시 일상생활을 차분히 해나가기 위해서는 한동안 시간이 필요하고, 과도한 감정도 차츰 가라앉으리라는 것을 물론 알고 있었다.

질케는 자신이 사랑에 빠지면 늘 상대를 너무 높이 평가하곤 했다고 말한다. 그녀에게 남자들은 이루어지지 않은 꿈들의 스크린 같았다. 나중에 가서야 그녀는 냉정을 되찾곤 했다. 냉정을 되찾는다는 게 반드시 고통스런 실망을 뜻하는 것은 아니다.

그러나 사랑의 첫 단계에서는 욕망의 대상을 무조건 사모한다는 것을 우리는 잘 알고 있다. 먹고 마시고 잠자는 시간은 중요하지 않고 우리의 몸과 정신은 무한한 에너지로 가득 차 있는 것처럼 여겨진다. 다른 모든 것들은 한동안 뒤로 물러나고 상대방은 장밋빛 속에 나타난다. 마치 사진에서 조명과 화장, 렌즈의 조작으로 멋지게 보이는 모델을 실제로 보면 실망하는 것과 같다. 실망이란 필연적으로 차츰 진실을 직시하게 된다는 뜻이다. 변덕스런 일상과 현실이 다시 제 힘을 찾는다. 왕자와 요정은 다시 불완전한 세속적 존재가 된다. 이 단계에서 관계를 다시 끊고 새로운 최고의 기쁨을 찾아

나서는 사람들이 적지 않다.

율리아는 애인을 몇 달에 한 번, 심지어는 몇 년에 한 번 만나곤
했는데 애인의 실제 모습은 그 동안 그녀가 꿈속에서 상상하던 그
런 사람이 아니어서 늘 실망하곤 했다.

휴가 때의 불장난을 생각해 보면 애인의 의미는 가장 잘 드러난
다. 그런 경우는 주로 외형적인 것에만 주목하기 때문에 작은 자극
만으로도 정사에 빠질 수 있다. 그리고 성격보다는 자신의 즐거움
만을 찾기 때문이다.

새로운 사람이 관계구조에서 어떤 의미가 있는가는 마리온의 경
우처럼 첫눈에 분명할 수도 있고, 한참 후에 끓어오르는 감정의 파
도가 진정된 후에서야 더 분명해질 수도 있다.

그것이 정말 나였을까?

에블린은 젊은 시절 첫 이성관계에서부터 남자 친구의 난잡한 여자관계 때문에 괴로움을 겪었다. 그녀는 어느 파티에서 열렬한 구애를 받을 때까지 자신도 똑같은 잠재력이 있다는 생각은 결코 하지 못했다. 그녀는 남자 친구의 불성실함 때문에 자신도 불장난에 빠져들었던 것이다.

그럼에도 불구하고 그녀는 긴장과 불안 외에도 양심의 가책을 느꼈다고 말했다.

사실 그녀가 누구에 대해 그런 감정을 가져야 하는지 의문스러울 수 있다. 남자 친구 쪽에서 늘 불성실했기 때문이다. "나도 모르겠어요."라고 그녀는 대답했다. "어쩌면 내 자신에 대해서인 것 같아요. 나는 늘 외도는 어리석은 짓이라고 생각했거든요. 그것은 내게 상처를 주었고 또 내가 가장 사랑하는 사람에게도 상처를 주고 싶지 않았어요." 그러나 그녀는 남자 친구에게 상처를 준 셈이 되었다. 그녀의 바람둥이 남자 친구는 논리에 안 맞게도 그녀의 불장난에 무척 예민한 반응을 보인 것이다. 그녀는 자신이 외도한 것을 용납하지 못했다. 지금 그녀는 다른 이유에서 남편을 기만하고 있지만 양심의 가책은 느끼지 않는다. 남편은 그녀를 아이의 어머니로,

마음이 맞는 동반자로만 생각하고 있으며 그녀는 성적으로 만족스럽지 않기 때문에 이 부분을 분리하여 다른 사람들과 해결하기로 결정했다. 그녀는 남편과 결합된 삶의 영역을 포기하지 않을 생각이지만 또한 성생활도 단념하고 싶지 않은 것이다.

반다는 외도로 인해 심각한 정체성 위기에 빠졌다. 그녀는 자신이 일부일처가 아닌 다른 방식으로 살리라고는 결코 생각한 적이 없기 때문이다. 그녀는 자신의 외도의 이유를 알지 못했다. 그 동기가 무엇인지 알기 위해 한동안 정신과 상담을 받아야 했다.

"처음에 나는 오직 죄의식 때문에 괴로웠고 모든 가능한 방법으로 내 자신을 벌했어요. 이제 나는 그 숨막히는 관계에서 탈출하기 위해서는 이런 방법밖에 없었다는 것을 압니다. 이제 나는 내 자신을 용서할 수 있지만 그렇게 되기까지는 오래 걸렸어요."

그녀의 외도는 자신에게 충실하려는 행동이었다. 그 관계에서는 더 이상 살 수 없는 자신의 존재를 구출하려는 시도였다. 그것은 사실 해방 행위였다. 그러나 그 순간에 그녀는 자신의 확신에 어긋나게 행동했다. 그녀는 정신적 결합과 성적인 매력을 오직 한 사람과의 관계에서만 바라는 여자들 중의 한 사람이다. 그런데 이제 결혼의 구속에서 정서적으로 벗어나기 위해 외도의 길을 택하리라고는 그녀는 결코 생각하지 못했었다.

힐트루트는 남편의 외도로 훼손 당한 자신의 자존심을 다시 세우기 위해 복수행위가 필요했다. 그러나 그 행동으로 그녀는 행복해지지 않았다. 그녀는 자신이 '외도하는 여자' 의 유형이라고 생각할 수 없었다. 물론 원래 그런 '유형' 의 사람이 있다고 말할 수는 없다. 이제 그녀는 혼자 살고 있으며 남자의 마음에 드는 일에 자신의 자존심을 거는 짓은 더 이상하지 않을 것이다.

카롤린은 일부일처제는 불가능하다고 생각하기 때문에 외도가 아무 문제가 되지 않는다. 그러나 자신의 외도를 숨기고 살아야 한다면 그녀는 정신적 고통에 빠질 것 같았다. 그녀는 기독교 교육을 받아서 자신의 행동에 대해 자신이 책임져야 한다는 것을 절대적 의무로 여겼다. 그녀는 일부일처를 믿지 않으므로 가족에게 정직하지 않은 채로 같이 지내도 당혹감을 주지 않았지만 거짓말은 그녀의 품위를 잃는 행동이었다. 진실을 말하는 것은 그녀의 확고한 원칙에 속했다. 그래서 자신의 삶의 이 부분을 남편에게 말하지 않으면 외도한 다른 사람들처럼 불편하고 분열되고 죄의식을 느낄 것이었다.

그러나 안네는 비밀로 하는 것이 자신의 행동에 대한 성숙한 책임감의 표시라고 생각한다. 그녀는 상처를 주는 솔직함이 마음에 들지 않는다. 그런 이유에서 그녀는 외도를 떠벌리거나 괴로운 사태를 야기하지 않고 비밀로 하는 것이 문제되지 않는다.

젠타는 남편과 성관계가 없으므로 여러 번 외도를 하게 되었다. 처음에 그녀는 다른 남자를 만났을 때 새로운 위대한 사랑이라고 생각했다. 이제 그녀는 그것이 순전히 결혼의 결함에 대한 보상임을 안다. 젠타는 처음에 사랑 이외에 다른 어떤 이유도 발견하지 못했다. 그녀는 어렸을 때부터 한 남자를 만나 가정을 꾸미고 결코 헤어지지 않으리라고 생각했다. 그녀는 자신의 외도를 달리 설명할 수 없었다. 몇 달 후에 그녀는 자신이 남편과 헤어지지는 않겠지만 성관계는 차치하고라도 남편과 아무 접촉도 없다는 사실을 알게 됐다. 여러 번의 외도 후에 그녀는 자신이 바라던 대로 남편과 같이 살겠지만 아이는 낳지 않고 정열적인 관계도 가질 수 없다는 것이 점점 더 분명해졌다.

"이제 이것이 내 삶의 현실이고 혹시 다른 남자들을 만나더라도 육체적인 관계로 제한한다는 사실을 내 자신에게 납득시키기까지는 아주 오래 걸렸어요. 나는 우선 순위를 정했기 때문에 더 깊이 들어가는 꿈은 꾸지 않아요." 그녀는 자신의 모습을 말하자면, 성실한 아내와 어머니에서 남편과 깊이 결속되어 있지만 아이는 낳지 않고 성생활을 분리한 여자로 바꾼 것이다.

이제 각각의 여자들에게 외도가 다른 의미를 갖고 있으며 정체성에 다양한 영향을 미친다는 사실을 알 수 있을 것이다. 때때로 이러한 체험으로 인생의 내용이 변한다. 일생 동안의 사랑을 믿는다 하더라도 애인을 사랑하지 않고 '단지' 육체적으로만 원하는 경우도 있다는 것을 알게 되었을 것이다. 어쩌면 이제까지의 삶의 구조가 완전히 해체되고 많은 변화능력이 필요한 경우도 있다. 어쩌면 자신의 가치체계가 변하고 때로는 자신에 대한 평가를 근본적으로 다시 검토해야 하는 경우도 있다.

그것은 결혼에 어떤 의미가 있을까?

감정의 혼란을 일으키는 이유 중의 하나는 외도가 다양한 영역에 영향을 미친다는 점이다. 사람들은 여기 묘사된 것처럼 순서대로 차분히 행동하지 않는다. 외도한 여자는 우선 애인의 의미를 분석한 다음 그 행동을 이제까지 자신에 대한 이해 안에 통합하고 이 사건이 자신의 결혼에 어떤 결과를 가져올지를 판단하는 등, 이렇게 논리적으로 생각할 수 있는 게 아니다.

게다가 외도를 고백할 것인가, 비밀로 간직하고 살 것인가, 이 사람을 단 한 번, 또는 여러 번, 아니면 규칙적으로 만날 것인가, 이 관계는 얼마나 밀접하고 열렬한 관계가 될 것인가 등등을 숙고할 필요도 있다. 이것은 불장난인가, 오래 계속될 정사인가, 진실한 관계인가, 성적 모험이나 하룻밤 관계일 뿐인가, 2차적인 관계로 계속 끌고 갈 것인가? 이 모든 문제가 가차없이 동시에 몰려온다. 대개는 이런 상황에서 합리적인 생각은 차치하고라도 명료한 생각도 하기 어렵다.

이렇게 혼란스런 가운데 외도의 의미를 분명하게 알게 되어 의식적인 행동을 취하기도 전에, 결혼생활에 대한 결론이 나올 수도 있다.

　예를 들어 반다의 경우에는 일단 고백하자 걷잡을 수 없는 속도로 일이 진행되고 말았다. "그 모든 게 일종의 자력을 가진 것 같았어요. 나는 사랑에 빠졌지만 그때까지는 그 사람과 전화로 이야기만 했을 뿐이에요. 나는 아직 어떻게 해야 할지 몰랐지요. 그런데 어느 날 남편이 내게 무슨 일이냐고 물었어요. 남편에게 말했을 때 나는 남편에게 결정권을 넘긴 셈이었어요. 석 달도 안 되어서 나는 남편과 헤어져 혼자 살았어요. 남편은 상처를 견딜 수 없었던 거죠."

　그녀의 경우는 애인이 생긴 게 결혼에 어떤 영향을 미칠 것인지 그녀가 알아차리기도 전에 일이 그렇게 진행되었다. 이런 의미에서 그것은 충분히 숙고하고 의식적으로 내린 결정이 아니었다. 그러나 그녀는 결과를 그저 수동적으로 받아들인 것은 아니라고 말한다. 남편이 어찌나 격렬하게 반응하는지 더 이상 남편과 한 집에서 살 수 없었다는 것이다. 그렇게 빠른 이혼은 물론 남편이 원했지만, 남편의 무자비함을 더 이상 참을 수 없었기 때문에 그녀 쪽에서도 요구했다. 특히 그녀 자신은 남편의 여러 번의 외도를 인내와 이해심을 갖고 참고 기다려왔기 때문이다. 이 경우 그녀가 다른 사람과 사랑에 빠진 것은 결혼에 갑작스런 종말을 가져왔다.

　안네는 애인이 남편과의 지리멸렬한 성생활을 보상해주었다고 생각한다. 그러나 두 남자와의 관계는 한 남자와의 관계처럼 밀접

해질 수 없다는 자기 비판적인 의혹을 갖고 있다. "나는 어느 누구에게도 감정적으로 완전히 밀착되어 있지 않았어요. 어떤 슬픈 일이 있거나 어느 한 사람이 귀찮아지거나 정신적으로 내게 너무 많은 것을 요구하면 나는 늘 돌아설 수 있었어요. 다른 사람이 있으니까요. 예를 들어 남편과 우리의 성생활을 개선시키기 위해 토론했더라면 논쟁은 분명히 어떤 방식으로든 우리를 결합시켰을 거예요. 우리는 상처받은 모습을 서로에게 보여주었어야 했어요. 나는 그런 걸 잘하지 못하고 남편도 전혀 그렇지 않았죠. 그러니까 나는 그것을 기피한 거예요."

그녀의 경험에 의하면 마음과 몸을 다른 사람들에게도 허락하면 다른 형태의 결합들도 점점 더 느슨해진다. 감정과 욕구가 나뉘고 한 사람에게만 집착하지 않게 된다. 그것은 어떤 방식으로는 마음을 가볍게 해주기는 하겠지만 한 사람에게 전념하는 성격이 사라지고 그럼으로써 중요성이 적어진다.

반면에 젠타에게는 외도가 성관계가 거의 없는 남편과의 생활을 지속시키기 위한 조건이다. 그녀가 이 작은 정사들을 갖지 않는다면 그녀는 남편의 무관심을 오래 견디지 못할 것이다. 물론 그녀는 상황이 이렇지 않기를 바라지만 남편에게 강요할 수도 없다. 이 경우에 외도는 말하자면 결혼을 유지시키는 접착제이다.

많은 대화에서 이런 저런 경우에 자기가치의 증대라는 주제가 자

꾸 떠올랐다. 오랫동안 홀대를 받거나 심지어 멸시를 받은 사람에
겐 다른 사람이 자신을 원한다는 사실을 앎으로써 자신의 가치를
확인하는 일이 꼭 필요한 모양이었다.

질케는 그녀의 정사의 의미에 대해 묻자 이렇게 대답했다. "나는
두 번의 혼외관계를 가졌는데 그 두 사람의 인정을 받는 게 너무나
필요했어요. 남편은 나를 그의 삶에서 당연히 옆에 있는 부분처럼
생각하고 대했기 때문이에요. 우리의 일상생활은 지루하고 무미건
조해졌고 남편은 내가 그의 일상생활 속에 있는지 없는지조차 알아
채지 못하는 것 같다는 생각이 들었어요."
남편에게 아이의 어머니로서의 대우만 받는 여자들은 여자로서
의 확인과 여성성의 '회복'을 외도의 이유로 들었다. 외도가 결혼
에 대해 갖는 의미는 여러 가지였다. 어떤 여자들은 정사를 여성으
로서의 자기가치를 확인하는 데 이용했고, 어떤 여자들은 외도를
통해 남편에게 폄하나 무시를 당함으로써 받은 상처를 확실히 깨닫
고 결혼생활을 끝냈다. 한 번의 외도로 곧 이혼하는 경우도 있지만
때로는 불만스러운 상태로 결혼생활을 오래 계속한 후에 이혼하는
경우도 있었다.

카롤린은 자신과 남편의 외도를 전적으로 허용하는데 그녀에게

외도는 결혼에서 중요한 의미가 있다. 그녀는 자신의 삶에 무엇이 결여되어 있기 때문은 아니라고 한다. "이런 방법이 없었다면 나는 자주 도피충동을 느꼈을 거예요. 너무 구속되어 있다는 느낌이기 때문이에요. 남편도 마찬가지고요."

율리아는 애인을 아주 가끔씩만 만나는데 그녀도 애인과의 관계가 결혼생활에서 갖는 의미는 카롤린의 경우와 같다. 그녀는 남편의 관용을 고맙게 생각하고 그렇기 때문에 남편을 화나게 하거나 헤어지고 싶다는 욕구를 결코 느낀 적이 없다.

에블린은 남편에게 많은 반감을 갖고 있는데, 이런 방식으로 해소하고 있다. 그녀는 남편이 자신을 매력적인 여자로 보지 않는다고 생각한다. "이따금 나는 무시당한 성욕을 양심의 가책 없이 실컷 즐기기 위해 불같은 감정을 품고 애인을 만나요." 짧은 외도가 없다면 그녀는 분노와 실망을 남편에게 퍼부었을 것이다. 아마 그녀는 화가 나서 이혼도 했을 것이다.

마리온은 애인과의 정신적인 합일이 결혼에 아무 영향도 미치지 않는다고 생각한다. 그러나 그녀의 남편은 그렇지 않았고, 그렇기 때문에 그는 이혼했다. 이 경우에도 외도한 사람 자신이 아니라 남편이 결정하고 결론을 내린 것이다.

외도가 결혼에 미치는 영향에 대해 일반화되지 않도록 경고하는데 이 모든 사례로 충분할 것이다. 외도하는 여자들도 각기 다르고, 관계도 여러 가지이고, 이 이야기의 다른 '등장인물들'도 다양하고, 외도가 결혼에 미치는 영향도 다양했다.

이러한 위기가 부부에게 새로운 기회가 된다고 자주 주장되지만 인터뷰 중에 그런 이야기는 나오지 않았다. 그러나 분명히 이런 혼란을 통해 부부관계를 새로 구성하고 다시 활기를 띄우고 개선하는 결과도 있을 수 있다.

사적인 너무나 사적인

여자들이 외도하는 경우는 드물지 않다. 여자들이 외도하는 이유는 사랑 때문만은 아니다. 매우 개인적이고 어떻게 보면 황당한 다양한 이유에서 외도한다.

그러나 외도를 처리하는 방법은 대개 남자들과 다르다. 여자들은 앞에서 언급한 이유들 때문에 외도를 반드시 떠벌리거나 여성적 능력의 증거로 내세우지 않는다. 여자들이 그 후에 행동하는 방식도 매우 개인적이며 상황에 따라 다르다. 가장 자주 제시되는 이유는 남편의 무시나 멸시, 성녀나 창녀로 규정짓는 것, 성욕이다. 이 모든 것은 여자들에 대해 흔히 하는 말과는 모순되며 이유가 다양하고 분석할 수 없다는 사실을 입증한다. 모든 경우에 적용되는 정교한 분석이나 특별한 해결법은 없고 개인에 따라 다르다.

우리 시대에는 학문이 우리의 세상을 설명하는 가장 권위 있는 기관으로 간주된다. 진리, 규칙, 정당성에 대한 갈망은 매우 크다. 학문은 방향을 정하고 옳고 그름, 선악의 구분에 대한 욕구를 만족시켜 준다. 그래야 사람들은 문제가 무엇인지를 이해하고 무엇에 의지해야 하는지를 알게 된다. 여성의 성에 대해 공표된 진리들은 삶에 대한 우리의 감정을 결정짓는다. 그것이 누구에게 도움이 되는지에 대해서는 여기서 더 이상 논의하지 않겠다.

감사의 글
Danksagung

저에게 신뢰의 선물을 보내준 친구들에게, 사적인 견해와 느낌 그리고 소재를 제공해준 친구들에게 감사하고 싶다. 특히, 인터뷰를 위해 시간을 내주고 이 책을 믿어준 인터뷰 파트너들에게 감사 드린다.

저를 끝까지 물심양면으로 도와 인터뷰한 내용을 한 권의 책으로 만들 수 있게 해준 미하엘에게 감사하고 싶다.

교정을 보아주고 구성상의 비평을 해준 잉게에게도 감사 드린다.

안나, 네가 3살 때부터 항상 낮잠 자는 습관이 있었기에 책을 쓸 시간이 있었단다. 고맙구나.

가림출판사 · 가림M&B · 가림Let's에서 나온 책들

바늘구멍
켄 폴리트 지음 · 홍영의 옮김

미국 추리작가 협회의 최우수 장편상을 받은 초유의 베스트 셀러로 전쟁을 통한 두뇌싸움을 치밀하고 밀도 있게 그려낸 추리소설. 신국판 / 342쪽 / 5,300원

레베카의 열쇠
켄 폴리트 지음 · 손연숙 옮김

최고의 모험, 폭력, 음모 그리고 미국적인 열정 속에 담긴 두 남녀의 사랑이야기를 독자들의 상상을 뒤엎는 확실한 긴장감으로 마지막까지 흥미진진한 켄 폴리트의 장편 추리소설.
신국판 / 492쪽 / 6,800원

암병선
니시무라 쥬코 지음 · 홍영의 옮김

암병선을 무대로 인간생명의 존엄성을 지키기 위해 불의와 맞서는 시라도리 선장의 꿋꿋한 의지와 애절한 암환자들의 심리가 생생하게 묘사된 근래 보기드문 걸작.
신국판 / 300쪽 / 4,800원

첫키스한 얘기 말해도 될까
김정미 외 7명 지음

이 시대의 젊은 작가 8명이 가슴속 깊이 간직했던 나만의 소중한 이야기를 살짝 털어놓은 상큼한 비밀 이야기.
신국판 / 228쪽 / 4,000원

사미인곡 上 · 中 · 下
김충호 지음

파란만장한 일생을 보낸 정철의 생애를 통해 난세를 살아가는 우리에게 삶의 지혜와 기쁨을 선사하는 대하 역사 소설.
신국판 / 각 권 5,000원

이내의 끝자리
박수완 스님 지음

앞만 보고 살아가는 우리에게 자신을 뒤돌아볼 수 있는 여유를 갖게 해주는 승려시인의 가슴을 울리는 주옥 같은 시집.
국판변형 / 132쪽 / 3,000원

너는 왜 나에게 다가서야 했는지
김충호 지음

세상에 대한 사랑의 아픔, 그리움, 영혼에 대한 고뇌를 달래야 했던 시인이 살아 있는 영혼을 지닌 이들에게 전하는 사랑의 메시지. 국판변형 / 124쪽 / 3,000원

세계의 명언
편집부 엮음

위인이나 유명인들의 글, 연설문 혹은 각 나라에서 전해져 오는 속담을 통하여 지난날을 되새겨보는 백과전서로서, 오늘을 반성하는 교과서로서, 그리고 미래를 설계하는 참고서로서 역할을 해줄 것이다. 신국판 / 322쪽 / 5,000원

여자가 알아야 할 101가지 지혜
제인 아서 엮음 · 지창국 옮김

남녀가 함께 살면서 경험으로 터득한 의미심장하면서도 재미있는 조언들을 발췌한 내용으로 독신의 삶을 청산하려는 이들이 알아야 할 유용하고 상상력 풍부한 힌트로 가득찬 감동의 메시지이다. 4 · 6판 / 132쪽 / 5,000원

현명한 사람이 읽는 지혜로운 이야기
이정민 엮음

현대를 살아가는 우리들에게 삶의 가치를 부여해주고 자기 성찰의 기회를 갖게 해준다. 신국판 / 236쪽 / 6,500원

성공적인 표정이 당신을 바꾼다
마츠오 도오루 지음 · 홍영의 옮김

자신뿐만 아니라 주위 사람들의 마이너스 사고를 플러스 사고로 바꾸어서 사람의 마음을 움직이며, 그리고 사람의 마음에 남는 최고의 웃는 얼굴을 만드는 비법 총망라!
신국판 / 240쪽 / 7,500원

태양의 법
오오카와 류우호오 지음 · 민병수 옮김

불법 진리 사상의 윤곽과 그 목적 · 사명을 명백히 함으로써 한 사람 한사람의 인간이 깨달음을 추구하고 영적으로 깨우치기 위한 명확한 방향을 제시하였다. 신국판 / 246쪽 / 8,500원

영원의 법
오오카와 류우호오 지음 · 민병수 옮김

일찍이 설해졌던 적도 없고 앞으로도 설해지지 않을 구원의 진리를 한 권의 책에 이론적 형태로 응축한 기본 삼법의 완결편.
신국판 / 240쪽 / 8,000원

석가의 본심
오오카와 류우호오 지음 · 민병수 옮김

석가모니의 사고방식을 현대인들에 맞게 써 현대인들이 친근하게 석가모니에게 다가설 수 있게 한 불교 가이드서.
신국판 / 246쪽 / 10,000원

옛 사람들의 재치와 웃음
강형중 · 김경익 편저

옛 사람들의 재치와 해학을 통해 한문의 묘미를 터득하고 한자를 재미있게 배우며 유머감각까지 높일 수 있는 일석삼조의 효과 만점. 신국판 / 316쪽 / 8,000원

지혜의 쉼터
쇼펜하우어 지음 · 김충호 엮음

쇼펜하우어의 철학체계를 통하여 풍요로운 삶의 지혜를 얻고
기쁨을 얻을 수 있도록 꾸며 놓은 철학이야기.
4 · 6판 양장본 / 160쪽 / 4,300원

헤세가 너에게
헤르만 헤세 지음 · 홍영의 엮음

순수한 애정과 자유를 갈구하는 헤세의 아름다운 세상을 통한
깨끗한 정신세계를 공유할 수 있는 기회를 제공.
4 · 6판 양장본 / 144쪽 / 4,500원

사랑보다 소중한 삶의 의미
크리슈나무르티 지음 · 최윤영 엮음

금세기 최고의 사상가이자 철학자인 크리슈나무르티가 인간의
정신적 사고의 구조와 본질을 규명하여 인간의 삶에 대한 가장
완벽한 해답을 제시.   신국판 / 180쪽 / 4,000원

장자-어찌하여 알 속에 털이 있다 하는가
홍영의 엮음

동양 사상의 저변에 흐르고 있는 자연에의 경외감을 유감없이
표현한 장자를 통하여 인간 본연의 자세로 돌아가 나를 돌아보
는 계기를 만들어 주는 책.   4 · 6판 / 180쪽 / 4,000원

논어-배우고 때로 익히면 즐겁지 아니한가
신도희 엮음

인간에게 필요불가결한 윤리와 도덕생활의 교훈들을 평이한
문체로 광범위하게 집약한 논어의 모든 것!!
4 · 6판 / 180쪽 / 4,000원

맹자-가까이 있는데 어찌 먼 데서 구하려 하는가
홍영의 엮음

반성과 자책을 통해 잃어버린 양심을 수습하고 선으로 복귀할
것을 천명하는 맹자 사상의 집대성!!   4 · 6판 / 180쪽 / 4,000원

아름다운 세상을 만드는 **사랑의 메시지 365**
DuMont monte Verlag 엮음 / 정성호 옮김

독일에서 출간 이후 1백만 권 이상 판매된 베스트셀러. 특별히
소중한 사람을 행복하게 만드는 독창적인 사랑고백법 365가지
를 수록한 마음이 따뜻해지는 책.
4 · 6판 변형 / 240쪽 / 8,000원

황금의 법
오오카와 류우호오 지음 · 민병수 옮김

불법진리의 연구 및 공부를 통하여 종교적 깨달음의 깊이를 더
해 주는 불서.   신국판 / 320쪽 / 12,000원

왜 여자는 바람을 피우는가?
기젤라 룬테 지음, 김현성 · 진정미 옮김

각계 각층의 여자들과의 인터뷰를 바탕으로 하여 여자들이 바
람 피우는 이유를 진술하게 해부한 여성 탐구서.

국판 / 200쪽 / 7,000원

■ 건 강 ■

식초건강요법
건강식품연구회 엮음 · 신재용 (해성한의원 원장) 감수

가장 쉽게 구할 수 있고 경제적인 식품이면서 상상할 수 없을
정도로 뛰어난 약효를 지닌 식초의 모든 것을 담은 건강지침
서!   신국판 / 224쪽 / 6,000원

아름다운 피부미용법
이순희 (한독피부미용학원 원장) 지음

피부조직에 대한 기초 이론과 우리 몸의 생리를 알려줌으로써
아름다운 피부, 젊은 피부를 오래 유지할 수 있는 비결 제시!

신국판 / 296쪽 / 6,000원

버섯건강요법
김병각 외 6명 지음

종양 억제율 100%에 가까운 96.7%를 나타내는 기적의 약용버
섯 등 신비의 버섯을 통하여 암을 치료하고 비만, 당뇨, 고혈
압, 동맥경화 등 각종 성인병 예방을 위한 생활 건강 지침서!
신국판 / 286쪽 / 8,000원

성인병과 암을 정복하는 유기게르마늄
이상현 편저 · 캬오 샤오이 감수

최근 들어 각광을 받고 있는 새로운 치료제인 유기게르마늄을
통한 성인병, 각종 암의 치료에 대해 상세히 소개.
신국판 / 312쪽 / 9,000원

난치성 피부병
생약효소연구원 지음

현대의학으로도 치유불가능했던 난치성 피부병인 건선 · 아토
피(태열)의 완치요법이 수록된 건강 지침서.
신국판 / 232쪽 / 7,500원

방약합편
정도명 편역

자신의 병을 알고 증세에 맞춰 스스로 처방을 할 수 있고 조제
할 수 있는 보약 506가지 수록.   신국판 / 416쪽 / 15,000원

자연치료의학
오홍근 (신경정신과 의학박사 · 자연의학박사) 지음

대한민국 최초의 자연의학박사가 밝힌 신비의 자연치료의학으
로 자연산물을 이용하여 부작용 없이 치료하는 건강 생활 비법
공개!!   신국판 / 472쪽 / 15,000원

약초의 활용과 가정한방
이인성 지음

주변의 흔한 식물과 약초를 활용하여 각종 질병을 간편하게 예
방 · 치료할 수 있는 비법제시.   신국판 / 384쪽 / 8,500원

역전의학
이시하라 유미 지음 · 유태종 감수

일반상식으로 알고 있는 건강상식에 대해 전혀 새로운 관점에

서 비판하고 아울러 새로운 방법들을 제시한 건강 혁명 서적!!
신국판 / 286쪽 / 8,500원

이순희식 순수피부미용법
이순희(한독피부미용학원 원장) 지음

자신의 피부에 맞는 관리법으로 스스로 피부관리를 할 수 있는
방법을 제시하고 책 속 부록으로 천연팩 재료 사전과 피부 타
입별 팩 고르기. 신국판 / 304쪽 / 7,000원

21세기 당뇨병 예방과 치료법
이현철(연세대 의대 내과 교수) 지음

세계 최초 유전자 치료법을 개발한 저자가 당뇨병과 대항하여
가장 확실하게 이길 수 있는 당뇨병에 대한 올바른 이론과 발
병시 대처 방법을 상세히 수록! 신국판 / 360쪽 / 9,500원

신재용의 민의학 동의보감
신재용(해성한의원 원장) 지음

주변의 흔한 먹거리를 이용하여 신비의 명약이나 보약으로 활
용할 수 있는 건강 지침서로서 저자가 TV나 라디오에서 다 밝
히지 못한 한방 및 민간요법까지 상세히 수록!!
신국판 / 476쪽 / 10,000원

치매 알면 치매 이긴다
배오성(백상한방병원 원장) 지음

B.O.S.요법으로 뇌세포의 기능을 활성화시키고 엔돌핀의 분비
효과를 극대화시켜 증상에 맞는 한약 처방을 병행하여 치매를
치유하는 획기적인 치유법 제시. 신국판 / 312쪽 / 10,000원

21세기 건강혁명 밥상 위의 보약 생식
최경순 지음

항암식품으로, 다이어트식으로, 젊고 탄력적인 피부를 유지할
수 있게 해주는 자연식으로의 생식을 소개하여 현대인들의 건
강 길라잡이가 되도록 하였다. 신국판 / 348쪽 / 9,800원

기치유와 기공수련
윤한홍(기치유 연구회 회장) 지음

누구나 노력만 하면 개발할 수 있고 활용할 수 있는 기 수련 방
법과 기치유 개발 방법 소개. 신국판 / 340쪽 / 12,000원

만병의 근원 스트레스 원인과 퇴치
김지혁(김지혁한의원 원장) 지음

만병의 근원인 스트레스를 속속들이 파헤치고 예방법까지 속
시원하게 제시!! 신국판 / 324쪽 / 9,500원

김종성 박사의 뇌졸중 119
김종성 지음

우리나라 사망원인 1위. 뇌졸중 분야의 최고 권위자인 저자가
일상생활에서의 건강관리부터 환자간호에 이르기까지 뇌졸중
의 예방, 치료법 등 모든 것 수록. 신국판 / 356쪽 / 12,000원

탈모 예방과 모발 클리닉
장정훈 · 전재홍 지음

미용적인 측면과 우리가 일상적으로 고민하고 궁금해 하는 털
에 관한 내용들을 다양하고 재미있게 예들을 들어가면서 흥미
롭게 풀어간 것이 이 책의 특징. 신국판 / 252쪽 / 8,000원

구태규의 100% 성공 다이어트
구태규 지음

하이틴 영화배우의 다이어트 체험서.
저자만의 다이어트법을 제시하면서 바람직한 다이어트에 대해
서도 알려준다. 건강하게 날씬해지고 싶은 사람들을 위한 필독
서! 4 · 6배판 변형 / 240쪽 / 9,900원

암 예방과 치료법
이춘기 지음

암환자와 가족들을 위해서 암의 치료방법에서부터 합병증의
예방 및 암이 생기기 전에 알 수 있는 방법에 이르기까지 상세
하게 해설해 놓은 책. 신국판 / 296쪽 / 11,000원

알기 쉬운 위장병 예방과 치료법
민영일 지음

소화기관인 위와 관련 기관들의 여러 질환을 발병 원인, 증상,
치료법을 중심으로 알기 쉽게 해설해 놓은 건강서.
신국판 / 328쪽 / 9,900원

이온 체내혁명
노보루 야마노이 지음 · 김병관 옮김

새로운 건강관리 이론으로 주목을 받고 있는 음이온을 통해 건
강을 돌볼 수 있는 방법 제시. 신국판 / 272쪽 / 9,500원

어혈과 사혈요법
정지천 지음

침과 부항요법 등을 사용하여 모든 질병을 다스릴 수 방법과
우리 주변에서 흔하게 접할 수 있는 각 질병의 상황별 처치를
혈자리 그림과 함께 해설. 신국판 / 308쪽 / 12,000원

약손 경락마사지로 건강미인 만들기
고정환 지음

경락과 민족 고유의 정신 약손을 결합시킨 약손 성형경락 마사
지로 수술하지 않고도 자신이 원하는 부위를 고치는 방법을 제
시하는 건강 미용서. 4×6배판 변형 / 284쪽 / 15,000원

정유정의 LOVE DIET
정유정 지음

널리 알려진 온갖 다이어트 방법으로 살을 빼려고 노력했던 저
자의 고통스러웠던 다이어트 체험담이 실려 있어 지금 살 때문
에 고민하는 사람들이 가슴에 와 닿는 나만의 다이어트 계획을
나름대로 세울 수 있을 것이다.
4×6배판 변형 / 196쪽 / 10,500원

머리에서 발끝까지 예뻐지는 부분다이어트
신상만 · 김선민 지음

한약을 먹거나 침을 맞아 살을 빼는 방법, 아로마요법을 이용
한 다이어트법, 운동을 이용한 부분만 해소법 등이 실려 있
으므로 나에게 맞는 방법을 선택해 날씬하고 예쁜 몸매를 만들
수 있을 것이다. 4×6배판 변형 / 196쪽 / 11,000원

알기 쉬운 심장병 119
박승정 지음

서울아산병원 심장 내과에 있는 저자가 심장병에 관해 심장질
환이 생기는 원인, 증상, 치료법을 중심으로 내용을 상세하게
해설해 놓은 건강서. 신국판 / 248쪽 / 9,000원

알기 쉬운 고혈압 119
이정균 지음

생활 속의 고혈압에 관해 일반인들이 관심을 가지고 예방할 수 있도록 고혈압의 원인, 증상, 합병증 등을 상세하게 해설해 놓은 건강서. 신국판 / 304쪽 / 10,000원

여성을 위한 부인과질환의 예방과 치료
차선희 지음

남들에게는 말할 수 없는 증상들로 고민하고 있는 여성들을 위해 부인암, 골다공증, 빈혈 등 부인과질환을 원인 및 치료방법을 중심으로 설명한 여성건강 정보서.

신국판 / 304쪽 / 10,000원

교 육

우리 교육의 창조적 백색혁명
원상기 지음

자라나는 새싹들이 기본적인 지식과 사고를 종합적 · 창조적으로 발전시켜 창조적인 사고능력을 배양할 수 있도록 한 교육지침서. 신국판 / 206쪽 / 6,000원

육아아이디어 263
생활컨설틴트그룹 엮음 · 한양심 옮김

세상에서 가장 예쁘고 소중한 우리 아기에게 언제나 여유로우면서도 무슨 일이든 척척 처리하는 현명한 신세대 엄마가 되기 위한 최신 육아 정보 수록! 신국판 / 318쪽 / 6,000원

현대생활과 체육
조창남 외 5명 공저

각종 현대병의 원인과 예방 및 운동요법에 대한 이론과 요즘 각광받는 골프 · 스키 · 볼링 등의 레저스포츠 총망라한 생활체육 총서. 신국판 / 340쪽 / 10,000원

퍼펙트 MBA
IAE유학네트 지음

기존의 관련 도서들과는 달리 Top MBA로 가는 길을 상세하고 완벽하게 수록. 가장 완벽하고 충실한 최신 정보 제공.
신국판 / 400쪽 / 12,000원

유학길라잡이 I -미국편
IAE유학네트 지음

미국의 교육제도 및 유학을 가기 위해서 준비해야 할 절차, 미국 현지 생활 정보, 최신 비자정보 등을 한눈에 볼 수 있는 유학길잡이. 4 · 6배판 / 372쪽 / 13,900원

유학길라잡이 II - 4개국편
IAE유학네트 지음

영어권 국가인 영국 · 캐나다 · 호주 · 뉴질랜드의 현지 정보 ·

교육제도 및 각 국가별 학교의 특화된 교육내용 완전 수록!!
4 · 6배판 / 348쪽 / 13,900원

조기유학길라잡이.com
IAE유학네트 지음

영어권으로 나이 어린 자녀를 유학보내기 위해 준비중인 학부모 및 준비생들이 반드시 읽어야 할 필독서!!
영어권 나라의 교육제도 및 학교별 데이터를 완벽하게 수록하여 유학정보서의 질을 한 단계 상승시킨 결정판!!
4 · 6배판 / 428쪽 / 15,000원

현대인의 건강생활
박상호 외 5명 공저

현대인들의 건강한 삶을 위한 사회체육의 중요성을 강조. 건강과 체력 증진을 위한 기본상식, 노인과 건강 등 이론과 스쿼시 · 스키 · 윈드 서핑 등 레저스포츠 등의 실기편으로 이루어진 알찬 내용 수록. 4 · 6배판 / 268쪽 / 15,000원

천재아이로 키우는 두뇌훈련
나카마츠 요시로 지음 · 민병수 옮김

머리가 좋은 아이로 키우기 위한 환경 만들기, 식사, 운동 등 연령별 두뇌 훈련법 소개. 국판 / 288쪽 / 9,500원

취미 · 실용

김진국과 같이 배우는 와인의 세계
김진국 지음

포도주 역사에서 분류, 원료 포도의 종류와 재배, 양조 · 숙성 · 저장, 시음법, 어울리는 요리와 와인의 유통과 소비, 와인 시장의 현황과 전망, 와인 판매 요령, 와인의 보관과 재고의 회전, '와인 양조 비밀의 모든 것'을 동영상으로 제작한 CD까지, 와인의 모든 것이 담긴 종합학습서.
국배판 변형양장본(올 컬러판) / 208쪽 / 30,000원

경제 · 경영

CEO가 될 수 있는 성공법칙 101가지
김승룡 편역

또 한 번의 경제위기를 겪고 있는 우리의 현실을 극복하고 일어설 수 있는 리더로서의 역할과 책임에 대한 명확한 해답을 제시해줄 것이다. 신국판 / 320쪽 / 9,500원

정보소프트
김승룡 지음

홍수처럼 쏟아지는 정보를 수집·분석하여 효과적으로 활용하는 방법을 총망라한 정보 전략 완벽 가이드!!
신국판 / 324쪽 / 6,000원

기획대사전
다카하시 겐코 지음·홍영의 옮김

기획에 관련된 모든 사항을 실례와 도표를 통하여 초보자에서 프로기획맨에 이르기까지 효율적으로 활용할 수 있도록 체계적으로 총망라하였다. 신국판 / 552쪽 / 19,500원

맨손창업·맞춤창업 BEST 74
양혜숙 지음

창업대행 현장 전문가가 추천하는 유망업종을 7가지 주제별로 나누어 수록한 맞춤창업서로 창업예비자들에게 창업의 길을 밝혀줄 발로 뛰면서 만든 실무 지침서!!
신국판 / 416쪽 / 12,000원

무자본, 무점포 창업! FAX 한 대면 성공한다
다카시로 고시 지음·홍영의 옮김

완벽한 FAX 활용법을 제시하여 가장 적은 자본으로 창업하려는 예비자들에게 큰 투자를 필요로 하지 않으면서 성공을 이끌어주는 길라잡이가 되는 실무 지침서.

신국판 / 226쪽 / 7,500원

성공하는 기업의 인간경영
중소기업 노무 연구회 편저·홍영의 옮김

무한경쟁시대에서 각 기업들의 다양한 경영 실태 속에서 인사·노무 관리 개선에 있어서 기업의 효율을 높이고 발전을 이룰 수 있는 원칙을 제시. 신국판 / 368쪽 / 11,000원

21세기 IT가 세계를 지배한다
김광희 지음

21세기 화두로 떠오른 IT혁명의 경쟁력에 대해서 전문가의 논리적이고 철저한 해설과 더불어 매장 끝까지 실제 사례를 곁들여 설명. 신국판 / 380쪽 / 12,000원

경제기사로 부자아빠 만들기
김기태·신현태·박근수 공저

날마다 배달되는 경제기사를 꼼꼼히 챙겨보는 사람만이 현대 생활에서 부자가 될 수 있다. 언론인의 현장감각과 학자의 전문성을 접목시킨 것이 이 책의 특성! 누구나 이 책을 읽고 경제 원리를 체득, 경제예측을 할 수 있게 준비된 생활경제서적.
신국판 / 388쪽 / 12,000원

포스트 PC의 주역 정보가전과 무선인터넷
김광희 지음

포스트 PC의 주역으로 급부상하고 있는 정보가전과 무선인터넷 그리고 이를 구현하기 위한 관련 테크놀러지를 체계적으로 소개. 신국판 / 356쪽 / 12,000원

성공하는 사람들의 마케팅 바이블
채수명 지음

최근의 이론을 보완하여 내놓은 마케팅 관련 실무서. 마케팅의 정보전략, 핵심요소, 컨설팅실무까지 저자의 노하우와 창의적

인 이론이 결합된 마케팅서. 신국판 / 328쪽 / 12,000원

느린 비즈니스로 돌아가라
사카모토 게이이치 지음·정성호 옮김

미국식 스피드 경영에 익숙해져 현실의 오류를 간과하고 있는 사람들을 위한 어떻게 팔 것인가보다 무엇을 팔 것인가를 차분히 설명하는 마케팅 컨설턴트의 대안 제시서!

신국판 / 276쪽 / 9,000원

적은 돈으로 큰돈 벌 수 있는 부동산 재테크
이원재 지음

700만 원으로 부동산 재테크에 뛰어들어 100배 불린 저자가 부동산 재테크를 계획하고 있는 사람들이 반드시 알아두어야 할 내용을 경험담을 담아 해설해 놓은 경제서.
신국판 / 340쪽 / 12,000원

바이오혁명
이주영 지음

21세기 국가간 경쟁부문으로 새로이 떠오르고 있는 바이오혁명에 관한 기초지식을 언론사에 몸담고 있는 현직 기자가 아주 쉽게 해설해 놓은 바이오 가이드서. 바이오 관련 용어 해설 수록. 신국판 / 328쪽 / 12,000원

두뇌혁명
나카마츠 요시로 지음·민병수 옮김

『뇌내혁명』 하루야마 시게오의 추천작!!
어른들을 위한 두뇌 개발서로, 풍요로운 인생을 만들기 위한 '뇌'와 '몸' 자극법 제시. 4·6판 양장본 / 288쪽 / 12,000원

성공하는 사람들의 자기혁신 경영기술
채수명 지음

자기 계발을 통한 신지식 자기경영마인드를 갖추어야 한다는 전제 아래 그 방법을 자세하게 알려주는 자기계발 지침서.
신국판 / 344쪽 / 12,000원

CFO
교텐 토요오·타하라 오키시 지음 / 민병수 옮김

일반인들에게 생소한 용어인 CFO. 세계화에 발맞추어 기업이 경쟁력을 갖추려면 CFO, 즉 최고 재무책임자의 역할이 지금까지와는 완전히 달라져야 한다. 이에 기업을 이끌어가는 새로운 키잡이로서의 CFO의 역할, 위상 등을 일본의 기업을 중심으로 하여 알아보고 바람직한 방향을 제시한다.
신국판 / 312쪽 / 12,000원

네트워크시대 네트워크마케팅
임동학 지음

학력, 사회적 지위 등에 관계 없이 자신이 노력한 만큼 돈을 벌 수 있는 네트워크마케팅에 관해 알려주는 안내서.
신국판 / 376쪽 /12,000원

성공리더의 7가지 조건
다이앤 트레이시·윌리엄 모건 지음 / 지창영 옮김

개인과 팀, 조직관계의 개선을 위한 방향제시 및 실천을 위한 안내자 역할을 해주는 책. 현장에서 활용할 수 있는 실용서.
신국판 / 360쪽 / 13,000원

김종결의 성공창업
김종결 지음

누구나 창업을 할 수는 있지만 아무나 돈을 버는 것은 아니다
라는 전제 아래 중견 연기자로서, 음식점 사장님으로 성공한
탤런트 김종결의 성공비결을 통해 창업전략과 성공전략을 제
시한다. 신국판 / 340쪽 / 12,000원

주 식

개미군단 대박맞이 주식투자
홍성걸 (한양증권 투자분석팀 팀장) 지음

초보에서 인터넷을 활용한 주식투자까지 필자의 현장에서의
경험을 바탕으로 한 주식 성공전략의 모든 정보 수록.
신국판 / 310쪽 / 9,500원

알고 하자! 돈 되는 주식투자
이길영 외 2명 공저

일본과 미국의 주식시장을 철저한 분석과 데이터화를 통해 한
국 주식시장의 투자의 흐름을 파악함으로써 한국 주식시장에
서의 확실한 성공전략 제시!! 신국판 / 388쪽 / 12,500원

항상 당하기만 하는 개미들의 매도 · 매수타이밍 999% 적중 노하우
강경무 지음

승부사를 꿈꾸며 와신상담하는 모든 이들에게 희망의 등불이
될 것을 확신하는 Jusicman이 주식시장에서 돈벌고 성공할 수
있는 비결 전격공개!! 신국판 / 336쪽 / 12,000원

부자 만들기 주식성공클리닉
이창희 지음

저자의 경험담을 섞어서 주식이란 무엇인가를 풀어서 써놓은
주식입문서. 초보자와 자신을 성찰해볼 기회를 가지려는 기존
의 투자자를 위해 태어났다. 신국판 / 372쪽 / 11,500원

선물 · 옵션 이론과 실전매매
이창희 지음

선물과 옵션시장에서 일반인들이 실패하는 원인을 분석하고,
반드시 지켜야 할 투자원칙에 따라 유형별로 실전 매매 테크닉
을 터득함으로써 투자를 성공적으로 할 수 있게 한 지침서!!
신국판 / 372쪽 / 12,000원

너무나 쉬워 재미있는 주가차트
홍성무 지음

주식시장에서는 차트 분석을 통해 주가를 예측하는 투자자만
이 주식투자에서 성공하므로 차트에서 급소를 신속, 정확하게
뽑아내 매매타이밍을 잡는 방법을 알려주는 주식투자 지침서.
4 · 6배판 / 216쪽 / 15,000원

역 학

역리종합 만세력
정도명 편저

현존하는 만세력 중 최장 기간을 수록하였으며 누구나 이 책을
보고 자신의 사주를 쉽게 찾아보고 맞춰 볼 수 있게 하였다.
신국판 / 532쪽 / 10,500원

작명대전
정보국 지음

독자들 스스로 작명할 수 있도록 한글 소리 발음에 입각한 작명의
원리를 밝힌 길라잡이서. 신국판 / 460쪽 / 12,000원

하락이수 해설
이천교 편저

점서학인 하락이수를 직역으로 풀어 놓아 원작자의 깊은 뜻을
원형 그대로 전달하고 원문을 공부하려는 사람들에게 도움이
되는 해설서이다. 신국판 / 620쪽 / 27,000원

현대인의 창조적 관상과 수상
백운산 지음

관상학을 터득하여 적절히 운명에 대처해 나감으로써 어느 분
야에서든지 성공적인 삶을 누릴 수 있는 비법을 전해줄 것이
다. 신국판 / 344쪽 / 9,000원

대운용신영부적
정재원 지음

수많은 역사와 신비로운 영험을 지닌 1,000여 종의 부적과 저
자가 수십 년간 연구 · 개발한 200여 종의 부적들을 집대성한
국내 최대의 영부적이다. 신국판 양장본 / 750쪽 / 39,000원

사주비결활용법
이세진 지음

컴퓨터와 역학의 만남!! 운명의 숨겨진 비밀을 꿰뚫어 보는 신
녹현사주 방정식의 모든 것을 수록.
신국판 / 392쪽 / 12,000원

컴퓨터세대를 위한 新 성명학대전
박용찬 지음

이름 속에 운명을 바꾸는 비결이 있다. 태어난 아기 이름은 물
론 개명 · 상호 · 아호 짓는 법까지 사람이 살아가면서 필요한
모든 이름 짓기가 총망라되어 각자의 개성과 사주에 맞게 이름
을 짓는 작명비법을 수록. 신국판 / 388쪽 / 11,000원

길흉화복 꿈풀이 비법
백운산 지음

길몽과 흉몽을 구분하여 그림과 함께 보기 쉽게 엮었으며, 특
히 요즘 신세대 엄마들에게 관심이 많은 태몽이 여러 가지로
자세하게 풀이되어 있다. 신국판 / 410쪽 / 12,000원

새천년 작명컨설팅
정재원 지음

혼자 배워야 하는 독자들도 정말 이해하기 쉽도록 구성된 신세

대 부모를 위한 쉽고 좋은 아기 이름만들기의 결정판.
신국판 / 470쪽 / 13,000원

백운산의 **신세대 궁합**
백운산 지음

남녀궁합 보는 법뿐만 아니라 인간관계, 출세, 재물, 자손문제, 건강문제, 성격, 길흉관계 등을 미리 규명할 수 있도록 쉽게 풀어놓았다.   신국판 / 304쪽 / 9,500원

동자삼 작명학
남시모 지음

최초의 한글 성명학으로 한글의 독창성·우수성·과학성을 운명철학 차원에서 검증한, 한국사람에게 알맞은 건물명·상호·물건명 등의 이름을 자신에게 맞는 한글이름으로 지을 수 있는 작명비법을 제시한다.   신국판 / 496쪽 / 15,000원

구성학의 기초
문길여 지음

방위학의 모든 것을 통하여 개인의 일생운·결혼운·사고운·가정운·부부운·자식운·출세운을 성공적으로 이끄는 비법 공개.   신국판 / 412쪽 / 12,000원

법률 일반

여성을 위한 **성범죄 법률상식**
조명원(변호사) 지음

성희롱에서 성폭력범죄까지 여성이었기 때문에 특히 말 못하고 당해야만 했던 이 땅의 여성들을 위한 성범죄 법률상식서. 사례별 법적 대응방법 제시.   신국판 / 248쪽 / 8,000원

아파트 난방비 75% 절감방법
고영근 지음

예비역 공군소장이 잘못 부과된 아파트 난방비를 최고 75%까지 줄일 수 있는 방법을 구체적인 법적 근거를 토대로 작성한 아파트 난방비 절감방법 제시.   신국판 / 238쪽 / 8,000원

일반인이 꼭 알아야 할 절세전략 173선
최성호(공인회계사) 지음

세법을 제대로 알면 돈이 보인다.
현직 공인중계사가 알려주는 합법적으로 세금을 덜 내고 돈을 버는 절세전략의 모든 것!   신국판 / 392쪽 / 12,000원

변호사와 함께하는 **부동산 경매**
최환주(변호사) 지음

새 상가건물임대차보호법에 따른 권리분석과 채무자나 세입자의 권리방어기법은 제시한다. 또한 새 민사집행법에 따른 각 사례별 해설도 수록.   신국판 / 404쪽 / 13,000원

혼자서 쉽고 빠르게 할 수 있는 소액재판
김재용·김종철 공저

나홀로 소액재판을 할 수 있도록 소장작성에서 판결까지의 실제 재판과정을 상세하게 수록하여 이 책 한 권이면 모든 것을 완벽하게 해결할 수 있다.   신국판 / 312쪽 / 9,500원

"술 한 잔 사겠다"는 말에서 찾아보는 **채권·채무**
변환철 지음

일반인들이 꼭 알아야 할 채권·채무에 관한 법률 사항을 빠짐없이 수록.   신국판 / 408쪽 / 13,000원

알기쉬운 **부동산 세무 길라잡이**
이건우 지음

부동산에 관련된 모든 세금을 알기 쉽게 단계별로 해설. 합리적이고 탈세가 아닌 적법한 절세법 제시.

신국판 / 400쪽 / 13,000원

알기쉬운 **어음, 수표 길라잡이**
변환철(변호사) 지음

어음, 수표의 발행에서부터 도난 또는 분실한 경우의 공시최고와 제권판결에 이르기까지 어음, 수표 관련 법률사항을 쉽고도 상세하게 압축해 놓은 생활법률서.   신국판 / 328쪽 / 11,000원

제조물책임법
강동근·윤종성 공저

제품의 설계, 제조, 표시상의 결함으로 소비자가 피해를 입었을 때 제조업자가 배상책임을 져야 하는 제조물책임 시대를 맞아 제조업자가 갖춰야 할 법률적 지식을 조목조목 설명해 놓은 법률서.   신국판 / 368쪽 / 13,000원

생활법률

부동산 생활법률의 기본지식
대한법률연구회 지음·김원중 감수

부동산관련 기초지식과 분쟁해결을 위한 노하우, 테크닉을 제시하고 권두 특집으로 주택건설종합계획과 부동산 관련 정부 주요 시책을 소개하였다.   신국판 / 480쪽 / 12,000원

고소장·내용증명 생활법률의 기본지식
하태웅 지음

스스로 고소·고발장을 작성할 수 있도록 예문과 서식을 함께 소개. 또 민사소송에 대해서도 자세하게 설명.
신국판 / 440쪽 / 12,000원

노동 관련 생활법률의 기본지식
남동희 지음

4만 여 건 이상의 무료 상담을 계속하고 있는 저자의 상담 사례를 통해 문답식으로 풀어나가는 노동 관련 생활법률 해설의 최

신 결정판.　신국판 / 528쪽 / 14,000원

외국인 근로자 생활법률의 기본지식
남동희 지음

외국인 연수협력단의 자문위원으로 오랜 시간 실무를 접했던 저자의 경험을 바탕으로 외국인 근로자의 체류자격 및 취업자격 등 법적 문제와 법률적 지위를 상세하게 다루었다.

신국판 / 400쪽 / 12,000원

계약작성 생활법률의 기본지식
이상도 지음

국민생활과 직결된 계약법의 기초를 이루는 핵심 기본지식을 간단명료한 해설 및 관련 계약서 작성 예문과 함께 제시.

신국판 / 560쪽 / 14,500원

지적재산 생활법률의 기본지식
이상도 · 조의제 공저

현대 산업사회에서 중요시되고 있는 특허, 실용신안, 의장, 상표, 저작권, 컴퓨터프로그램저작권 등 지적재산의 모든 것을 체계화하여 한 권으로 요약하였다.　신국판 / 496쪽 / 14,000원

부당노동행위와 부당해고 생활법률의 기본지식
박영수 지음

노사관계 핵심사항인 부당노동행위와 정리해고 · 징계해고를 중심으로 간단 명료한 해설과 더불어 대법원 판례, 노동위원회에 의한 구제절차, 소송절차 및 노동부 업무처리지침을 소개.

신국판 / 432쪽 / 14,000원

주택 · 상가임대차 생활법률의 기본지식
김운용 지음

전세업자들이 보증금 반환소송이나 민사소송, 경매절차까지의 기본적인 흐름을 알 수 있도록 인터넷을 통한 실제 법률 상담을 전격 수록.　신국판 / 480쪽 / 14,000원

하도급거래 생활법률의 기본지식
김진흥 지음

경제적 약자인 하도급업자를 위하여 하도급거래 관련 필수적인 법률사안들을 쉽게 해설함과 동시에 실무에 필요한 12가지 하도급표준계약서를 소개.　신국판 / 440쪽 / 14,000원

이혼소송과 재산분할 생활법률의 기본지식
박동섭 지음

이혼과 관련하여 해결해야 할 법률문제들을 저자의 실무경험을 바탕으로 명쾌하게 해설하였다. 아울러 약혼이나 사실혼파기로 인한 위자료문제도 함께 다루어 가정문제로 고민하는 사람들에게 길잡이가 되도록 하였다.　신국판 / 460쪽 / 14,000원

부동산등기 생활법률의 기본지식
정상태 지음

등기를 하지 않으면 어떤 위험이 따르고, 등기를 하면 어떤 효력이 생기는가! 등기신청은 어떻게 하며, 필요한 서류는 무엇이고, 등기종류에는 어떤 것들이 있는가 등 부동산등기 전반에 걸쳐 일반인이 꼭 알아야 할 법률상식을 간추려 간단, 명료하게 해설하였다.　신국판 / 456쪽 / 14,000원

기업경영 생활법률의 기본지식
안동섭 지음

사업을 구상하고 있는 사람이나 현재 경영하고 있는 사람 및 관리실무자에게 필요한 법률을 체계적으로 알려주고 관련 법률서식과 서식작성 예문도 함께 소개.

신국판 / 466쪽 / 14,000원

교통사고 생활법률의 기본지식
박정무 · 전병찬 공저

교통사고 당사자가 쉽게 응용할 수 있도록 단계별 해결책을 제시함과 동시에 사고유형별 Q&A를 통하여 상세한 법률자문 역할을 하였다.　신국판 / 480쪽 / 14,000원

소송서식 생활법률의 기본지식
김대환 지음

일상생활과 밀접한 소송서식을 중심으로 소장작성부터 판결을 받을 때까지 그 서식작성요령을 서식마다 항목별로 자세하게 설명하였다.　신국판 / 480쪽 / 14,000원

호적 · 가사소송 생활법률의 기본지식
정주수 지음

개명, 성 · 본 창설, 취적절차 및 법원의 허가 및 판결에 의한 호적정정절차, 친권 · 후견절차, 실종선고 · 부재선고절차에 상세한 해설과 함께 신고서식 작성요령과 구비할 서류 및 재판절차에 대하여 자세히 설명.　신국판 / 516쪽 / 14,000원

상속과 세금 생활법률의 기본지식
박동섭 지음

상속재산분할, 상속회복청구, 유류분반환청구, 상속세부과처분취소 등 상속관련 사건들을 해결하는 데 도움이 되도록 상속법과 상속세법을 상세하게 함께 수록.

신국판 / 480쪽 / 14,000원

담보 · 보증 생활법률의 기본지식
류창호 지음

살아가다 보면 담보를 제공하거나 보증을 서는 일이 비일비재하다. 이렇게 담보를 제공하거나 보증을 섰는데 문제가 생겼을 때의 해결방법을 법조항 설명과 함께 실례를 실어 알아 본다.

신국판 / 436쪽 / 14,000원

처 세

성공적인 삶을 추구하는 여성들에게 우먼파워
조안 커너 · 모이라 레이너 공저, 지창영 옮김

사회의 여성을 향한 냉대와 편견의 벽을 깨뜨리고 성공적인 삶을 이루려는 여성들이 갖추어야 할 자세 및 삶의 이정표 제시!!
신국판 / 352쪽 / 8,800원

聽 이익이 되는 말 話 손해가 되는 말
우메시마 미요 지음 · 정성호 옮김

직장이나 집안에서 언제나 주고받는 일상의 화제를 모아 실음
으로써 대화의 참의미를 깨닫고 비즈니스를 성공적으로 이끌
기 위한 대화술을 키우는 방법 제시!! 신국판 / 304쪽 / 9,000원

성공하는 사람들의 화술테크닉
민영욱 지음

개인간의 사적인 대화에서부터 대중을 위한 공적인 강연에 이
르기까지 어떻게 말하고 어떻게 스피치를 할 것인가에 관한 지
침서. 신국판 / 320쪽 / 9,500원

부자들의 생활습관 가난한 사람들의 생활습관
다케우치 야스오 지음 · 홍영의 옮김

경제학의 발상을 기본으로 하여 사람들이 살아가면서 생활에
서 생각해 볼 수 있는 이익을 보는 생활습관과 손해를 보는 생
활습관을 수록, 독자 자신에게 맞는 생활습관의 기본 전략을
설계할 수 있도록 제시. 신국판 / 320쪽 / 9,800원

코끼리 귀를 당긴 원숭이-히딩크식 창의력을 배우자
강충인 지음

코끼리와 원숭이의 우화를 히딩크의 창조적 경영기법과 리더
십에 대비하여 자기혁신, 기업혁신을 꾀하는 창의력 개발법을
제시. 신국판 / 208쪽 / 8,500원

성공하려면 유머와 위트로 무장하라
민영욱 지음

21세기에 들어 새로운 추세를 형성하고 있는 말 잘하기. 이러
한 추세에 맞추어 현재 스피치 강사로 활약하고 있는 저자가
말을 잘하는 방법과 유머와 위트를 만들고 즐기는 방법을 제시
한다. 신국판 / 292쪽 / 9,500원

등소평의 오뚝이전략
조창남 편저

중국 역사상 정치 · 경제 · 학문 등의 분야에서 최고 위치에 오
른 리더들의 인재활용, 상황 극복법 등 처세 전략 · 전술을 통
해 이 시대의 성공인으로 자리매김하는 해법 제시.
신국판 / 304쪽 / 9,500원

노무현 화술과 화법을 통한 이미지 변화
이현정 지음

현재 불교방송에서 활동하고 있는 이현정 아나운서의 화술 길
라잡이서. 노무현 대통령의 독특한 화술과 화법을 통해 리더로
서, 성공인으로서 갖추어야 할 화술 화법을 배우는 화술 실용
서. 신국판 / 320쪽 / 10,000원

성공하는 사람들의 토론의 법칙
민영욱 지음

다양한 사람들의 다양한 욕구를 하나로 응집시키는 수단으로
등장하고 있는 토론에 관해 간단하고 쉽게 제시한 토론 길라잡
이서. 신국판 / 282쪽 / 9,500원

명상으로 얻는 깨달음
달라이 라마 지음 · 지창영 옮김

티베트의 정신적 지도자이자 실질적 지도자인 달라이 라마의
수많은 가르침 가운데 현대인에게 필요해지고 있는 인내에 대
한 이야기. 국판 / 320쪽 / 9,000원

2진법 영어
이상도 지음

2진법 영어의 비결을 통해서 기존 영어학습 방법의 단점을 말
끔히 해소시켜 주는 최초로 공개되는 고효율 영어학습 방법.
적은 시간을 투자하여 영어의 모든 것을 획기적으로 향상시킬
수 있는 비법을 제시한다. 4 · 6배판 변형 / 328쪽 / 13,000원

한 방으로 끝내는 영어
고제윤 지음

일상생활에서의 이야기를 바탕으로 하는 영어강의로 영어문법
은 재미없고 지루하다고 생각하는 이 땅의 모든 사람들의 상식
을 깨면서 학습 효과를 높이기 위한 공부방법을 제시하는 새로
운 영어학습서. 신국판 / 316쪽 / 9,800원

한 방으로 끝내는 영단어
김승엽 지음 / 김수경 · 카렌다 감수

일상생활에서 우리가 무심코 던지는 영어 한마디가 당신의 영
어수준을 드러낸다는 사실을 깨닫게 하는 영어 실용서. 풍부한
예문을 통해 참영어를 배우겠다는 사람, 무역업이나 관광 안내
업에 종사하는 사람, 영어권 나라로 이민을 가려는 사람들에게
많은 도움을 줄 것이다. 4 · 6배판 변형 / 236쪽 / 9,800원

테마별 고사성어로 익히는 한자
김경익 지음

세글자, 네글자로 이루어진 고사성어를 통해 실용한자를 익히
고 성어 속에 담긴 의미도 오늘에 맞게 재해석 해보는 한자 학
습서. 4 · 6배판 변형 / 248쪽 / 9,800원

해도해도 안 되던 영어회화 하루에 30분씩 90일이면 끝낸다
Carrot Korea 편집부 지음

온라인과 오프라인을 넘나들면서 영어학습자들의 각광을 받고
있는 린다의 현지 생활 영어 수록. 교과서에서 배울 수 없었던
생생한 실생활 영어를 90일 학습으로 모두 끝낼 수 있다.
4 · 6배판 변형 / 260쪽 / 15,000원

바로 활용할 수 있는 기초생활영어
김수경 지음

다양한 상황에 대처할 수 있도록 인사나 감정 표현, 전화나 교통, 장소 및 기타 여러 사항에 관한 기초생활영어를 총망라.
신국판 / 240쪽 / 10,000원

배스낚시 테크닉
이종건 지음

현재 한국배스스쿨에서 강사로 활약하고 있는 아마추어 배스낚시꾼이 중급 수준의 배스 낚시꾼들이 자신의 실력을 한 단계 업그레이드 시킬 수 있도록 루어의 활용, 응용법 등을 상세하게 해설.   4·6배판 변형 / 440쪽 / 20,000원

스포츠

수열이의 브라질 축구 탐방 삼바 축구, 그들은 강하다
이수열 지음

축구에 대한 관심만으로 각 나라의 축구팀, 특히 브라질 축구팀에 애정을 가지고 브라질 축구팀의 전력 및 각 선수들의 장단점을 나름대로 분석하고 연구하여 자신의 의견을 피력하고 있는 축구 길라잡이서.   신국판 / 280쪽 / 8,500원

마라톤, 그 아름다운 도전을 향하여
빌 로저스 · 프리실라 웰치 · 조 헨더슨 공저 / 오인환 감수 / 지창영 옮김

마라톤에 입문하고자 하는 초보 주자들을 위한 마라톤 가이드서. 올바르게 달리는 법, 음식 조절법, 달리기 전 준비운동, 주자에게 맞는 프로그램 짜기, 부상 예방법을 상세하게 설명하고 있다.   4·6배판 / 320쪽 / 15,000원

레포츠

퍼팅 메커닉
이근택 지음

감각에 의존하는 기존 방식의 퍼팅은 이제 그만!!
저자 특유의 과학적 이론을 신체근육 운동학에 접목시켜 몸의 무리를 최소한으로 덜고 최대한의 정확성과 거리감을 갖게 하는 새로운 퍼팅 메커닉 북.   4·6배판 변형 / 192쪽 / 18,000원

아마골프 가이드
정영호 지음

골프를 처음 시작하는 모든 아마추어 골퍼를 위해 보다 쉽고 빠르게 이해할 수 있도록 내용이 구성된 아마골프 레슨 프로그램서.
4·6배판 변형 / 216쪽 / 12,000원

인라인스케이팅 100%즐기기
임미숙 지음

레저 문화에 새로운 강자로 자리매김하고 있는 인라인 스케이팅을 안전하고 재미있게 즐길 수 있도록 알려주는 인라인 스케이팅 지침서. 각단계별 동작을 한눈에 알아볼 수 있도록 세부 동작별 일러스트 수록.   4·6배판 변형 / 172쪽 / 11,000원

왜 여자는 바람을 피우는가?

2003년 7월 10일 제1판 1쇄 발행

지은이/기젤라 룬테
옮긴이/김현성 · 진정미
펴낸이/강선희
펴낸곳/가림출판사

등록/1992. 10. 6. 제4-191호
주소/서울시 광진구 구의동 57-71 부원빌딩 4층
대표전화/458-6451   팩스/458-6450
홈페이지 http://www.galim.co.kr
e-mail galim@galim.co.kr

값 7,000원

ⓒ GALIM, 2003

저자와의 협의하에 인지를 생략합니다.
무단 복제 · 전재를 절대 금합니다.

ISBN 89-7895-142-2 03850